メディアワークス文庫

旦那様、ビジネスライクに行きましょう！1

～下町令嬢の華麗なる身代わりウェディング～

時枝小鳩

JN230135

目　次

序章　ビジネス夫婦の始まり

「これは政略結婚だ。君を愛するつもりはない」

どこぞの大衆娯楽小説で読んだような、オリジナリティの欠片《かけら》もない台詞《せりふ》を吐いた旦那様（今日結婚したてホヤホヤ）は、超満足気なドヤ顔で私を見ていた。

「分かっているな？　勘違いして私に愛されようなどと分不相応な望みを抱くなよ！」

分かっている、これは政略結婚だ。私だって別に愛なんて求めていない。

……むしろ、分かってないのは旦那様だ。

大体私のこの姿が、期待で胸を膨らませた新婚初夜の花嫁に見えるとでもいうのだろうか？　こんなにガッチリした夜着の上に分厚いローブまで着込んだ私の姿が。

お色気なんて皆無だからね？

「一つ……いえ、いくつかよろしいですか、旦那様」

私はビシッと右手を挙げて、旦那様の目を見据えた。自分の言いたいことだけ言い逃げされたのでは堪《たま》らない。

　気弱で従順な令嬢のフリはもうお終《しま》いよ、旦那様。

「まず、旦那様こそ政略結婚の意味を正しく理解しておいでですか？」

「……な⁉」

「政略結婚とは、当人たちの意向を無視してでも、家の利益や政治的目的のために結ばれるものです。……何故《なぜ》一方的にご自身だけが我慢しているとお思いですの？」

「なっ、そんなの当たり前だろう！　お前のような元平民がこの由緒正しきハミルトン伯爵家に嫁ぎ、この私の妻になれたのだぞ？　嬉《うれ》しいだろう⁉」

「いえ、別に」

「……⁉」

　絶句する旦那様を無視して私は言葉を続ける。

「嬉しいか嬉しくないかと問われれば、別に嬉しくはございません。それから、私が平民として育ったことに異論はございませんが、現在は歴《れっき》としたフェアファンビル公爵家の娘としてこのハミルトン伯爵家に嫁いできたのです。その発言は公爵家に対する不敬に当たりますわ。お言葉にお気を付けくださいませ」

　まさか私が言い返すとは思ってもみなかったのだろう。呆気《あっけ》に取られてポカンと口を開けた旦那様の姿は何とも間抜けで、折角の端正な顔立ちが台無しだ。

……まぁ、元々私の好みではございませんけど。

「まぁまぁ旦那様、どうぞお座りくださいな。どうやら私達の間には見解の相違があるようです。ゆっくりお話しいたしましょう？」

私がそう言ってにっこりと微笑《ほほえ》むと、旦那様は気圧《けお》されたようにジリジリと後ろに引き下がり、そのままストンと椅子に腰かけた。

ふっ、たわいない。威勢が良かったのは最初だけね。

持って生まれた権力も使えない、一対一でのこの状況。坊ちゃん育ちの伯爵様と下町育ちの私では、はなから勝負は見えている。

私は優雅な手付きでお茶を淹《い》れると、旦那様の前にそっと差し出した。

伯爵家の侍女が、緊張をほぐすためにと置いていってくれたカモミールティーの香りが部屋を優しく包む。

「……あ、ありがと、う……？」

己が想像していた展開には全くならなかったのだろう。混乱の極みの旦那様が、おずおずと手を伸ばしてお茶を飲む。

一方私はというと、旦那様がお礼を言ったことに対して少し驚いていた。流石《さすが》、お育ちがいいとはこういうことなのか。無意識でお礼の言葉が出たのだろう。

うーん、なんか根っから悪い人ではなさそうなんだよなぁ、この人。

結婚相手としてはかなり頼りないけど。

何故か向かい合わせでお茶を飲んでいると、ふと二人の目があった。

ユージーン・ハミルトン。

今日婚姻を結んだばかりの私の旦那様で、国有数の資産を持つといわれる名家ハミルトン伯爵家の若き当主だ。なんと御年二十二歳。伯爵家の当主としては異例の若さである。

まぁ、私も十八歳なんてそれこそあり得ない若さで伯爵夫人になったわけだけど。

思わず吐きそうになった溜《た》め息《いき》をカモミールティーと共に飲み込んで、気まずそうに目を逸《そ》らした旦那様の様子を窺《うかが》い見る。

白磁のような肌に整った目鼻立ち。生い茂った樹々《きぎ》のように深い緑色の髪は艶《つや》やかで、髪色より明るい緑の瞳はまるでエメラルドのように輝いている。この伯爵が社交界きっての美形であることは間違いない。

だから勘違いしちゃったのかな。女はみんな自分に惚《ほ》れるとでも思ってたとか？

私としてはこういう線の細い美形タイプより、ガッシリした美丈夫の方が好みなのよね。これじゃヘタしたら私、腕相撲とか勝てちゃうのではないかしら。

「……私だって、それなりに鍛えている」

お茶を飲んでいた旦那様がボソッと呟《つぶや》く。

「あらやだ、私、心の声が口から出ていましたか？」

「ああ。あーもう、なんなのだお前は。以前会った時とはまるで人が違うではないか」

「それについては申し訳ございません。この結婚はフェアファンビル公爵家にとっても有意義なものですので、破談にならないよう大人しく淑《しと》やかに振る舞っておりました。私の目的は公爵家の役に立つことですから」

私がそう言うと、旦那様は意外そうな顔をした。

「公爵家の役に立ちたいと、本気でそう思って嫁いできたというのか？」

「ええ、もちろんその通りですわ」

私の言葉は旦那様の腑《ふ》には落ちなかったのだろう。納得いかないような、怪訝《けげん》そうな顔をしている。

しかしそれは無理もない。ハミルトン伯爵家がどこまでフェアファンビル公爵家の内部事情を知っているのかは知らないが、少なくとも私の生い立ちと公爵家での扱いを知っているのなら、私が公爵家の役に立ちたいと言っていること自体信じられないだろう。

私だって、自分なりの目的がなければこんなことはしていない。公爵家では虐待まがいの酷《ひど》い目にあわされていたのだから。
「旦那様、私は愛してほしいなどとは望んでいませんが、冷遇されるのはご容赦願いたいのです。……ですので一つ、ご提案がございます」

私は立ち上がると渾身《こんしん》のカーテシーを決めてにっこりと微笑んだ。
「ビジネスパートナーになりましょう、旦那様」

私の申し出があまりに予想外だったのだろう。

何と答えていいか分からない、といった様子でマゴついている旦那様にじれったさを感じた私は、淑女の仮面を投げ捨てることにした。

うん、だってもう結婚したからにはすぐに離縁ってわけにもいかないでしょ。

貴族ってメンツが大事だっていうし！

目の前のテーブルにバンッと手を置くと、旦那様がビクッとする。
「愛なんて形の無いもの、こっちも求めていないのですよ。白い結婚大歓迎！　私達は仮面夫婦アーンド、ビジネスパートナーってことでいきましょう！　これからよろしくね、ア・ナ・タ」

　パチンッとウィンクすると、目を見開いて椅子からずり落ちていく旦那様の姿が見えた。

◆　◆　◆

「なんなのだ、これは？　私が考えていたのと全く違うではないか……」

　勘違いしてのぼせ上がっているであろう元平民に、自分の立場というものをしっかり分からせ、夫婦の主導権を握っておこうと思ったのに。

　本日花嫁を迎え入れたばかりのハミルトン伯爵邸の夫婦の寝室。

　侍女達の手によって今日という日に相応《ふさわ》しくセッティングされたこの部屋で、邸《やしき》の主人であるはずの私が、何故か一人取り残されている。

「それではアナタ、細かいお話はまた明日ゆっくりしましょう。流石に今日は緊張したから、私もう眠くって……ふわぁ……。じゃあ、おやすみなさーい」

　そう言うと新妻は踊り出しそうな足取りで、夫婦の寝室と続き部屋になっている自室へと消えていったのだ。猫を被《かぶ》るのはもうすっかり止《や》めたらしい。

寝室には、呆気に取られ無様に椅子の下に尻餅をついた私だけが残されていた。

初夜の寝室に一人残されるなんて、屈辱以外の何物でもない。本来ならばこの屈辱を味わうのはあちらだったはずなのに。

アナスタシア・フェアファンビル。

今日私の妻となったフェアファンビル公爵家の令嬢だ。

いや、もうハミルトン伯爵家に嫁いできたのだから、アナスタシア・ハミルトンか。

フェアファンビル公爵家といえば、我がフェアランブル王国の筆頭公爵家で、その家名からも分かるように元は王家と一つだった名門中の名門貴族。

その令嬢ともなれば王女に次ぐ高貴な身分だ。……本来であれば。

アナスタシアは養女なのだ。

それも、この婚姻のためにわざわざ探し出してきたという平民育ちの女だ。

もっとも、公爵家の血筋であることは間違いない。

今から二十年ほど前、フェアファンビル公爵家はとんでもない醜聞に見舞われていた。先代の公爵には親子ほど年の離れた弟がいたのだが、その弟がなんと下級貴族の娘と駆け落ちをしたのだ。

水面下で壮絶な権力争いが行われているのが常の貴族社会で、世の中を騒がすような醜聞は命取りだ。それは筆頭公爵家とて例外ではなく、この一件が引き金となり、フェアファンビル公爵家は磐石《ばんじゃく》だった政治地盤を大きく揺るがされる羽目になった。

そして現在。

二十年の間に家を立て直すどころか、公爵家の財政はますます悪化している。

フェアファンビル公爵家にとって、自分達を苦境へ追いやった決して許すことのできない相手、その先代公爵の弟こそがアナスタシアの父親なのだ。

そのような曰《いわ》く付《つ》きの娘を公爵家に戻すなど、煮え湯を飲まされるような思いだっただろう。しかし公爵はこの縁組のためにそれをした。

実は私は、当事者であるにもかかわらずこの婚姻について詳しく知らされていない。

この話は当事者達の意思は全く関係なく、私の祖父であるサミュエル・ハミルトンと、フェアファンビル公爵の二人によって決められたからだ。

まぁ、貴族の婚姻なんてそのようなものだ。珍しくも何ともない。

当時私は二十歳という異例の若さでこのハミルトン伯爵家を継いだばかりだった。

もちろん予定してのことではない。私の父である先代当主が、女性関係で問題を起こし失脚したのだ。

既に流行病で母を亡くしていた私は突然一人で伯爵家を背負うことになり、それを知った隣国で暮らす祖父が慌てて帰国してきた。祖母の療養のため隣国で暮らす祖父は、長くフェアランブルに滞在することはできない。

だからこそ、自分がいる間に何とか私の立場を安定させようと考えたのだろう。

以前から、フェアファンビル公爵家からは資金援助や業務提携を求められていた。両家の領地は隣り合っており、公爵家が潤沢な資源に恵まれた我が領地に目を付けていたことは知っている。

恐らく祖父は、その求めに応じる条件としてこの婚姻を持ちかけたのだ。

公爵家と縁を繋《つな》ぐことなどそうそうできるものではないから、私の立場を確かなものにしたいと考えていた祖父が、この好機を逃すまいとした気持ちは分かる。

ハミルトン伯爵家は公爵家の後ろ盾を得て、フェアファンビル公爵家は伯爵家の資金援助を受けるのだ。悪い話ではない。

この婚姻は、まさに両者にとって利のあるものとなるはずだった。

問題はここからだ。

現フェアファンビル公爵には、溺愛している娘のクリスティーナがいる。わざわざアナスタシアを連れ戻さなくても、クリスティーナを伯爵家に嫁がせればそれで済む話だったのだ。しかも公爵家には嫡男のアレクサンダーもいるのだから、クリスティーナが婿を取って家を継ぐというわけでもない。

それにもかかわらずこんなことをしたのは何故か。

答えは簡単。クリスティーナ本人の考えなのか公爵の考えなのかは分からないが、格下の伯爵家に嫁ぐのはそれほどまでに嫌だったということだろう。

チッと舌打ちをすると、広いベッドに寝転がる。

いくら相手がフェアファンビル公爵家とはいえ、元々は相手がこちらに資金援助を求めた見返りとしての婚姻だ。うちの立場が弱いわけでは決してない。

お祖父様《じいさま》はきっと断ってくださると信じていたのに、彼はいともあっさりとアナスタシアを娶《めと》ることに同意したのだ。

……ショックだった。

祖父には自身の意思を無視され、公爵家にはコケにされたという思いが消えない。

伯爵家の嫡男として生を享《う》けた以上、いつかは家のためになる婚姻を結ばなければならないというのは分かっていた。

しかし、それにしたってこんなのはあんまりだ。

考えれば考えるほどイライラするし、悶々《もんもん》としてとてもではないが寝られそうもない。

自室に戻ろうかとも思ったが、ここでスゴスゴ戻っては何だか自分が負けたみたいでそれも癪《しゃく》に障った。

「それにしても、生意気な女だったな……」

ベッドで一人ゴロゴロ転がっていると、先ほどのアナスタシアの言葉が蘇《よみがえ》ってくる。

『……何故一方的にご自身だけが我慢しているとお思いですの？』

『嬉しいか嬉しくないかで問われれば、別に嬉しくはございません』

まさか、あんなことを言われるとは思わなかった。

自分で言うのも何だが、私はかなり女性受けが良《い》い。夜会ではいつも令嬢に囲まれて困るほどなのだ。

今回の縁談が決まった時も、相手がフェアファンビル公爵家なだけに文句は言えないが、陰では令嬢達が相当憤っていたと聞く。相手がクリスティーナなら仕方がないと諦めたのに、蓋を開けてみれば、実際嫁ぐのは平民育ちのアナスタシアだったのだ。

私との縁組を願っていた令嬢達にとっても腹立たしい出来事だったのだろう。

顔合わせの時見たアナスタシアは、地味で大人しい特に印象にも残らない女で、金色の髪を見てようやく公爵家の血族なのだと信じられるような有様《ありさま》だった。

私の学生時代からの友人の一部は、この話題でそれはそれは盛り上がった。

普段からあまり素行がいいとは言えないこの友人達は、こと女性関係において何かと筋違いの嫌みや妬みを私に聞かせていたのだ。

祖父には付き合う友人は選べと言われていたが、彼等《かれら》だって同じ学舎で学んだ歴とした学友だ。私は友人を差別するようなことはしたくなかった。

『いやぁ、羨ましいな！　ユージーン！　あのフェアファンビル公爵家と縁が結べるなんて。その恩恵を考えれば平民……ぶっくすくす……平民育ちの女と結婚するくらい、どうってことないよな……？　……ぶはっ！』

『おいおい、笑ってやるなよ。いやーしかし俺には無理だなー。いくらフェアファンビルの血筋とはいえ平民育ちは。流石、女にモテモテのユージーン様はお優しい！』

『いいか？　いくらお優しいユージーン様とはいえ、平民女を付け上がらせないように躾《しつけ》は必要だからな？　最初が肝心だ。初夜にバーンとぶちかましてやれよ。いやー、ユージーンの武勇伝を聞くのが今から楽しみだなぁ！　ハッハッハ！』

……あの時は祖父に対する反抗心もあり、一緒に、

『よし、やってやろう！』

なんて言って騒いでいたが、今思えば何と低俗な会話なのか。

次に彼らに会ったら何を言えばいいのか、そもそもこの状況をどう収拾付ければばい

いのか、あんな女とこれから生活していけるのか。

「……もう、寝る……」

私は思考を放棄してベッドの中に潜り込んだ。

◆
◆
◆

「まぁここまでは、ほぼほぼ想像通りの展開よね。諸手《もろて》をあげて歓迎されるなんて最初から期待してないし、公爵家での扱いを思えばむしろ随分と暮らしやすそうだわ」

自分のために整えられた室内を見て、私はそう独りごちた。

ベッドにボスンッと身体《からだ》を投げ出すと、心地よいマットの感触とフカフカのお布団の良い匂いがする。

――あぁ、今日はグッスリ寝られそうだ。

そのまま幸せな気持ちでシーツの肌触りを楽しんでいると、嫌でも公爵家で与えられていたジメジメとした薄暗い部屋と硬い布団を思い出す。

公爵家の娘として恥ずかしくない最低限の教育と生活とやらは、実際は下町で暮らしていた平民時代より悲惨なものだった。

お貴族様方は何故か平民はみじめな暮らしをしていると信じて疑わないが、少なくとも私は両親と三人で幸せに暮らしていたのだ。

公爵家に引き取られてからは、学校へ通うことも許されずマナーばかりを叩《たた》き込まれ。仮にも公爵家の娘としてみすぼらしくあってはならないが、美しくなってもならないと中途半端に手入れされ。

公爵の意に沿わぬことをすれば叩かれることも食事を抜かれることも、使用人達から嫌がらせを受けることとさえも日常茶飯事だった。

何度も逃げ出してやろうかと思った。

猫を被って気弱な少女のフリをしていた私が逃げ出すなんて想像もしていなかったのか、公爵家の警備は何ともお粗末で、その気になればすぐに抜け出せたと思う。

追手を撒《ま》いて隣国にでも入ってしまえば、仕事を探して自分一人食べていくことくらい、私にとっては朝飯前だ。

そうしなかったのは、ある目的を果たすため――。

「お父さん、お母さん、見ていてね。私の雑草魂はすっごいんだから！」

寝ている時すら外すことのないペンダントをギュッと握り締め、私は立ち上がった。

夜明け前。

私がそっと夫婦の寝室の扉を開けて中を覗《のぞ》き見ると、旦那様はだだっ広いベッドの端っこで一人スヤスヤと眠っていた。

結局この部屋で寝たのね。肝が据わっているのか、何も考えていないのか。

……多分後者だな、などと失礼なことを考えながら私はベッドに歩み寄る。

気持ち良さそうに寝ているところ申し訳ないが、今私には取り急ぎ話し合ってやっておかなければいけないことがあるのだ。

「旦那様、旦那様、起きてください」

耳元でそっと旦那様に囁《ささや》いたが、起きる様子は一切ない。

この状況下でまさかの熟睡とは……実は肝が据わっている方なのかもしれない。

そんなことを考えながら部屋の中をウロウロと歩き回るが、それでも旦那様が起きる気配は一向にない。仕方ない、下町風に起こすか。

そう決めると私は、容赦なく旦那様が敷いているシーツを引っ張った。

だだっ広いベッドの上をコロコロ転がる旦那様。

「おはようございまーす、ア・ナ・タ！　ちょっと起きてくださいな！」

「うぉ、うおぉぉ⁉　なんだ⁉」

荒っぽい起こされ方に慣れていないのだろう。旦那様はビックリして飛び上がるように起きると、ベッドの端で目を丸くしている。何とか落下は免れたようだ。

「な、なんだお前か……なんだよ、まだ暗いじゃないか」

起こしたのが私だと気付くと、旦那様は慌てて乱れたガウンの胸元や裾をサササッと直す。乙女かな？

「は、ははーん。さては、やはりマズイということに気が付いて戻ってきたというわけだな？　そうだな、自分の立場をわきまえて私に従うと言うのなら……」

何だか勝手な解釈をしてペラペラ喋《しゃべ》り出した旦那様に、また右手をスッと挙げる。

「条件を擦り合わせるためにも、事前確認をしておきたいのですが」

「は？　条件？　事前確認？」

「そうです。まずこの白い結婚に関することなのですが……」

「ちょ、待て待て待て。おいおいおい……」

「私達の間だけでの秘密裏のことでしょうか？　それとも公にする感じですか？」

それによって今後のやり方が変わってくるから、これだけは今夜のうちに聞いておかないといけなかったのだ。

「本来であれば伯爵家の当主夫妻が白い結婚であるなど隠すべきことなのですが、たとえば、旦那様の愛人の方の手前『白い結婚を公にしておきたい』とか個別の事情があるかと思いまして」

「あ、あああああ、愛人⁉」

「そうです。あ、失礼しました。ご愛妾《あいしょう》様とかお呼びした方が良かったですか？」

「お前は何を言っているのだ！　私には愛人などいない‼」

「へ？」

今度は私がキョトンとしてしまう。

「え？　本当は私以外に愛する方がいるのですよね？　その方が事実上の妻として旦那様と生活を送り、私は形だけのお飾りの妻となる。だからこそ、クリスティーナの代わりに私を娶るなんて無茶な話を了承したのでしょう？　私ならどんな扱いをしても公爵家から文句は来ないから、旦那様にとっても都合が良かったのかと」

「お前……エゲツないこと考えるな……」

エゲツないって。

この程度でエゲツないって……貴族社会のどぎついエグさを知らないのだろうか。

大丈夫？　ちょっと世間知らず過ぎやしない？　この坊ちゃん。

旦那様は湯気が噴き出しそうなほど真っ赤な顔で「破廉恥な！」とか「私がそんな

不誠実な人間に見えるのか!?」とか言って騒いでいるけど、誠実な人間は新婚初夜に花嫁にあんなことは言わないと思う。

……しかし旦那様、愛人いなかったのね。それは正直意外だわ。

さっき思わず口走ってしまったが、私は旦那様には愛人がいて、だからこそこの婚姻を了承したのだと思っていたのだ。

え、ちょっと待って。じゃあこの人、自分には何の瑕疵《かし》も得もないのに平民育ちの私を娶ったってこと? それは少し、いや、凄《すご》く気の毒な気がする。

私が言うのも変な話だが、お貴族様が住む世界と平民が住む世界は基本的に全く違うのだ。

下級貴族なら平民と商売の繋がりがあったり、極稀《まれ》にそれが縁で結婚とかいう話があったりもする（ただし超大金持ちの商会のお嬢さんとか超絶イケメンに限る）が、伯爵家ともなれば格が違う。

平民からすればもはや雲の上の人、天上人だ。

本来であれば、天地がひっくり返っても私のような下町育ちと結婚するような立場の人ではない。

思わず気の毒そうな顔をして旦那様を見つめてしまったのだが、それに気付いた旦那様はワナワナと震えている。

「とにかく、私に愛人はいない！　作るつもりもない！」

「はいはい、分かりました。そうすると、白い結婚であることは周りには悟られない方が何かといいですよね？」

私がそう尋ねると、旦那様はふと考えてから不承不承頷《うなず》いた。

「では！」

私は旦那様が寝ていたベッドにダイブすると、シーツをぐしゃぐしゃにする。

驚いてベッドから逃げ出した旦那様の視線が痛いが、私は気にせずシーツの海を泳ぎ続け、次に自分の親指をガリッと噛《か》んだ。

「お、おい⁉」

そして、ぽたぽたと自らの血をシーツに垂らしていく。

「お、おま……それ…………」

私が何の偽装をしているのかようやく気付いたのだろう。口を手で覆い、ボソボソと何か言っているが耳が赤い。いやだから乙女ですか？

「お察しの通り、滞りなく初夜が行われたように見せるための偽装工作です。敵を欺くにはまず味方からと申します。使用人の皆さんにも白い結婚であることはバレない方がいいかと」

「……そうか」

「これからの結婚生活ですが、人前では仲睦《むつ》まじい円満夫婦を装った方がいいですか？　それとも『必要最低限の務めは果たしている』というのが伝わる程度の仲がお望みですか？」

「……」

「旦那様？」

「…………」

「旦那様!?」

「………………」

「……ア・ナ・タ？」

「!?」

それまで返事もせずに考え込んでいた旦那様が、くわっとこちらを向いた。

「お前、とりあえずそのおかしな声で『ア・ナ・タ』というやつをやめろ！」

「あら。旦那様とお呼びしても返事がないので、こう呼ばれるのが気に入ってしまわれたのかと思いましたわ」

私がクスクス笑うのを見て、旦那様は今にも地団駄を踏みそうな様子でこう言った。

「そんなわけがあるか！　……もう駄目だ、話にならない。続きは明日だ！」

確かに今はちゃんとした話し合いは無理そうだと思う。時間も時間だし。

「分かりましたわ。では、続きは寝て起きてからにいたしましょう」

それでは、と私は続きの扉から自室へ戻ろうとしたが、旦那様は私が偽装工作を施したベッドの横で途方にくれたように立っていた。

「どうされたのですか？　旦那様も自室に戻って休まれては？」

汚れたベッドじゃ嫌だろうし、そもそもここで寝る必要も別にないし。

「不誠実な男だと……思われないだろうか」

ボソッと呟いた旦那様の声が耳に入る。

んんん？　あー、やることとやっといて朝まで一緒にいずに新妻放り出しました一的な？　いやあなた、現在進行形でやることもやらずに新妻放り出していますけど。

何度も言うけど最初のアレが既に不誠実極まりないのだが、そうは思わないのだろうか。私にとって旦那様の言動は不可解極まりなくて、そんな旦那様の様子を見ているると悪戯心《いたずらごころ》がムクムクと湧いてきた。

「……じゃあここで、一緒に寝ますか？」

私が試しにそう言ってみると、旦那様はみるみる真っ赤になっていく。

「寝ない！　もう！　自分の部屋で寝る!!」

旦那様はそう絶叫すると、逃げ込むように自室へと繋がる扉に転がり込んでいった。

後ろから見ても分かるほど、耳まで真っ赤だった。

うん……乙女ですね！

第一章　伯爵家での日々と義妹の襲来

その数時間後、いつもより遅くまで寝てしまった私は控えめなノックの音で目を覚ました。もうすっかり日が昇っている。

はっ、こんな状況下だというのにうっかり熟睡して寝坊してしまったわ。

やっぱりフカフカベッドは油断できないわね……！

流石ハミルトン伯爵家、見る物使う物みんな最高級品に違いない。

大体において、王都にまでこんな大きなお邸があること自体、この家が規格外の資産家である証《あかし》なのだ。

私がベッドの中で夢見心地になっていると、再度遠慮がちなノックの音が聞こえた。

「奥様？　お身体を清めるお湯などお持ちしましたが、お目覚めですか？」

そうだった。私はここの奥様で、しかも新婚ほやほやなのだった。

「ありがとう、起きたわ」

私はベッドに潜り込むと声だけで返事をした。

「入ってちょうだい」

失礼いたします、と声がして扉が開く。声からして昨日カモミールティーの準備をしてくれた侍女だと思う。短い時間ながらも彼女からは敵意は感じず、逆にこちらを気遣ってくれている様子だったのを思い出してホッとした。昨日からずっと世話をしてくれているところを見ると、彼女が私の専属侍女になるのかもしれない。

「奥様、お身体はいかがですか？　よろしければ清めさせていただきます」

おぉ……そうだ、お貴族様は自分の体を自分で拭きもしないのだったわね。

一応公爵家で受けた教育のせいで貴族のように振る舞うことに抵抗はなくなったのだが、今日はマズイ。色々とね、ほら、いたしてないのがバレちゃうから。

「ありがとう、でも今日は自分でするわ。その……恥ずかしいの。サイドテーブルの上に洗面器とタオルを置いておいてくれるかしら？」

侍女の戸惑う様子が気配で伝わってくるが、主人の言いつけに背くわけにもいかないのだろう。洗面器とタオルをサイドテーブルに置いてくれたようだ。

「それでは奥様、私は扉の外で控えておりますので、何かございましたらすぐお呼びください」

そう言って少ししてから扉の閉まる音が聞こえたので、私はモソモソと顔を出す。

廊下で待ってくれているのか、じゃあ手っ取り早く済ませちゃわないと！

急いでベッドから飛び降りてサイドテーブルを見てみると、洗面器には湯気が出るほど温かいお湯と、なんと保温の魔石まで入っていてギョッとする。

ここ、フェアランブル王国には魔法というものがほとんど普及していない。

かつては沢山いたという魔道士も国内ではもはや絶滅危惧種だし、魔道具を作れる職人もいない。そもそも魔力を持っている平民の数が非常に少ない。

逆に貴族になるとほとんどの人間が魔力を持っているが、魔力さえあれば自然と魔法が使えたり魔道具が作れたりするのかといえば、もちろんそんなわけはなく。

魔法を使うにはそのための訓練が必要だし、魔道具を作るにはそのための技術を学ぶ必要がある。しかし、国内にはそれを学ぶための機関すらないのだ。

もっとも、貴族は人を使うものであって自らあくせく働くものではないという風潮の強いこの国では、そんな機関があったところで、そこで学んで働こうなどと考える貴族はごく少数だとは思うけれど。

そういうわけで、魔石や魔道具を手に入れるためには隣国から輸入するしか方法がなく、当然その分値段は上がる。平民の手に届かないのは当然のことながら、公爵家でだってこんな使い方はできないのだ。

何故フェアランブルで魔法や魔道具の技術が廃れてしまったのかについては諸説ある。一説には、魔法がなくても工業技術が発展したからだといわれているが、私個人としてはこれは眉唾物だと思っている。

だって、フェアランブルは工業技術自体も周辺諸国に後れを取っているのだから。

……とはいえ、私達にとっては生まれた時には既にこの状況だったわけだし、結局のところ真相はよく分からない。

一般庶民には、お貴族様方の事情というのは中々伝わってこないものなのだ。

ちなみに、一般的に魔力は高位貴族になるほど高いといわれていて、何故か貴族の間では魔力の高さは結構なステータスになっている。

どうせ魔法も使えないし魔道具も作らないのなら魔力の大小なんて関係ないと思うのだが、どうも昔からの因習の名残らしい。変なの。

「しかしまぁ、魔石をこんな風に普段使いするなんて想像以上のお金持ちだわ。だからこそ公爵家に目をつけられちゃったのね。……お気の毒様です」

思わずそんな独り言を言いながらも、手早く身体を拭き身支度を整えていく。さっきの侍女が着替えも持ってきてくれていたので、有り難くそれに着替えた。シンプルだけれど所々に繊細な刺繍《ししゅう》が入った可愛《かわい》いワンピースで、肌触りが恐ろしくいい。

まさかこれ、今度はシルク⁉

東方の国でしかとれないという糸を使って織るシルクは信じられないくらい貴重で、それこそ魔石に負けず劣らずの高級品だ。

それを惜しげもなく部屋着に使うとは、ハミルトン伯爵家恐るべし。

私、とんでもない所に嫁に来ちゃったかもしれない。

「入っていいわ」

支度を整えて奥様モードで廊下に声をかけると、さっきの侍女が頭を下げて入ってきた。

「おはようございます、奥様。お身体の具合はいかがですか？」

「ええ、大丈夫よ。ありがとう」

「伯爵様が、奥様の体調がよろしければ朝食をご一緒にとのことですが、いかがなさいますか？」

ほう、ちゃんと朝食には誘うわけか。昨日の話の続きもしたいし丁度いい。

「ええ、是非ご一緒させていただくわ」

私がにっこりとそう答えると、侍女も少しほっとしたようだった。

「そうそう、昨日からあなたのお名前を聞くのを忘れていたの。教えてくださる？」

「あ、し、失礼いたしました！　私、マリーと申します。奥様の身の回りのお世話をさせていただきますので、どうぞよろしくお願いいたします！」

「いいのよ。私も聞くのを忘れていたの。よろしくね、マリー」

「はいっ！　一生懸命お仕えします！」

ペコッとお辞儀をしたマリーはまだ若い。多分私と同じくらい？

本来であれば伯爵夫人付きになるにはまだ若すぎると思うのだけど、これは私を侮っているのか、はたまた年の近い者を、という好意的配慮なのかどちらだろう？

キラキラと栗色《くりいろ》の瞳を輝かせて私を見ているマリー本人からは悪意は一切感じない。瞳と同じ栗色のふわふわした髪をお下げにした姿は可愛らしく、私の目には好ましく映った。

「では、奥様がよろしければ早速食堂へご案内いたします！」

「あら、今から？　もしかしてもう旦那様はお待ちなのかしら？」

「はい。もう食堂にいらっしゃいます」

「そう、なら急がないといけないわね」

私はマリーに先導されて私室を出ると、食堂へと向かった。

食堂へ入ると、確かに旦那様は先に席に着き紅茶を飲みながら何かの書類を読んでいた。明るい陽《ひ》が差し込み、髪がキラキラと輝いている。

うーん。無駄に絵になるな、この人。

「ああ、来たか」

「はい、おはようございます旦那様。お待たせしてしまって申し訳ございません」

「いや、大丈夫だ。それでは食事を始めよう」

旦那様がそう言うと、側《そば》に控えていた執事がサッと合図をする。

「お待たせいたしました奥様。さぁこちらへどうぞ」

昨日挨拶された執事（名前は確かセバスチャン）が、私を席に案内し、椅子をひいて座らせてくれた。セバスチャンは先々代の頃から伯爵家に仕えている穏和な雰囲気のベテラン執事で、ロマンスグレーの髪に執事服が非常に良く似合っている。

私がそれとなく使用人達や部屋の中の様子をうかがっているうちに、あっという間に温かい料理が運ばれてきた。

焼き立てのパンに、美味《おい》しそうなスープ。新鮮な野菜のサラダにふわふわのオムレツ、こんがり焼いたベーコン、盛り合わせのチーズ……あれはヨーグルトかしら？

飲み物もジャムも何種類も用意されていて、朝からとても豪華だ。

ふわぁ、美味しそう！

公爵家ではいつも一人で食事をしていたので、誰かと食卓を囲むのも随分と久しぶりだった。それもあって何だか少し嬉しい。

……たとえ相手が仏頂面の旦那様でも。

旦那様が静かに食前の祈りを捧《ささ》げているのに気が付き、私もそっとそれに倣う。

お祈りが終わって目線を上げると旦那様と目があった。

「それでは頂こうか。皆は下がっていてくれ」

旦那様がそう言うと、使用人達はセバスチャンを筆頭に深く頭を下げ、そのまま退室していった。本来ならばそのまま残って給仕するはずの使用人達を下がらせたということは、あまり聞かれたくない話をするのだろう。

私は少しの間黙って旦那様を見つめていたが、旦那様は気にせず食事を始めてしまったので、私も気にせずまずは食べることにした。

折角の料理が冷めちゃうともったいないもの！

早速目の前のパンを一口サイズにちぎって口の中に入れる。

ふっわふわだぁー。

貴族が食べるパンって何でこうもふわふわなんだろうか？　それに何だろう、公爵家で食べていた物より小麦の味が濃い気がする。バターもジャムも何も付けなくても十分美味しい。

そしてこのスープ！　具そのものは入ってないのに野菜の甘味が出ていて凄く美味しい。オムレツもふわふわのトロトロだし、ベーコンも……！

どの料理も美味しくて、温かくて、私は夢中になって食べてしまった。

「……空腹だったのか？」

恐らく私の食べっぷりが良過ぎたのだろう。旦那様に真顔でそう聞かれた。

目の前の料理は既に全て空っぽだ。もしかして、残す前提の量だったのだろうか？

普通にペロッといってしまった。

私が何と答えていいものか少し戸惑っていると、旦那様の方が躊躇《ためら》いがちに言葉を続けた。

「……おかわりいるか？」

ブッホォ!!

思わず堪え切れずに噴き出す。

うん分かった。この人、実は絶対いい人だ。

しかも他人に騙《だま》されないか心配になるくらいに。

「な、何がおかしいのだ!?」

「いえ、なんでもございません。……ありがとうございます、大丈夫です」

「そうか」

気が付けば旦那様も食事は終わっていたらしい。食後のお茶を飲みながら話を切り出す。

「昨日のお話の続きなのですが、お考えはまとまりましたか？」

「ああ、……私達が政略結婚で結ばれた夫婦なのは皆が知るところなのだ。わざわざ仲睦まじいフリをする必要はないだろう」

「では、必要最低限の務めは果たしている、というのが伝わればそれでよろしいのですね？」

「そうだ。お前は私に従順な妻であればそれでいい。ハミルトン伯爵夫人の名が辱められることのないよう、くれぐれもおかしなマネはしないように」

「分かりました。それで、私にはどの程度の裁量を与えていただけるのですか？」

「裁量？」

「そうです。通常、女主人であるその家の夫人が家内のことは取り仕切るものですよね？　それに加えて、細々とした書類仕事や、最近では領地の内政の一部を担っている御夫人も増えていると聞いております」

「まさか、自分にもそのようなことができるとでも思っているのか⁉」

「できないとお思いですか？」

「当たり前だろう！　貴族の務めというのは、平民が付け焼き刃の教育で身に付けた知識でどうにかなるようなものではないのだ。家内の取り仕切りと簡単に言うが、実際どんなことをしているか本当に分かっているのか？　計算ができなければ出費の管理もできない。専門知識がなければ書類をまともに読むこともできないだろう」

　私は黙って旦那様の話を聞く。

「公爵家で二年学んだくらいでは、最低限のマナーを身に付けるので精一杯だったのだろう？　平民上がりが浮かれて調子に乗るのではない」

　私は黙って旦那様の話を聞き続ける。

「まぁ図々《ずうずう》しい平民上がりにしては、上手《うま》いこと上っ面は取り繕えるようになっているみたいだがな。マナーや立ち居振る舞いは貴族令嬢に見えるし、二年でこれなら上出来だろう！」

　……それ、最後微妙に褒めていませんかね？

　思わずツッコミそうになったのをグッと堪えて、私はピシッと右手を挙げた。

「うっ……またそれか……何だ？」

「いくつか申し上げたいことはございますが、まず一つ。まさか旦那様、平民はみな学がないとでもお思いですか？」

「当然そうだろう？」

憮然《ぶぜん》と答える旦那様に、私は今度は間髪を容れずにツッコんだ。

「古い!!」

「な!?」

「古いですわ、旦那様。一体いつの時代の話をなさっていますの？　確かに一般市民は貴族の方々のようにご立派な学園に通えるわけではございません。しかし平民街にもきちんと学舎はあるのです。学問に力を入れておられる領主様が治める地では、高等教育まで受けることができる学舎もあるのですよ？」

「む……」

「私も十六で公爵家に引き取られるまで、高等学舎に通っておりました。……女官を目指していたのです」

「！」

旦那様が驚きで目を見張る。

ああ、公爵家から私についてほんとに何も聞かされていないのね。

「当然途中退学となりましたので、自分の学が足りていないことは自覚しておりますが、計算もできず書類仕事は何も分からない……と決めつけられるのは心外です」

「し、しかし……」

まぁ、旦那様が困惑するのも実は分かる。

平民から見れば伯爵様なんて雲の上の人、天上人だった。

……では、逆は？

そんな人間と突然結婚させられた挙句、家の事を取り仕切らせろとか言われているわけである。控え目に言って真っ平ごめんだろう。伯爵家の人達を困らせたいわけではないのだが、しかし私もここで引くわけにはいかない。

どうしたものかなー。

正直この結婚には期待していなかったし、昨日の初夜で旦那様に暴言を吐かれた時は「やっぱりな」と思った。

でも話してみれば旦那様も根っから悪い人ではなさそうだし、部屋や食事の様子を見るに使用人達も私にまともな扱いをしてくれそうだ。

愛だなんだと言う気はないが、昨日の提案通りビジネスパートナーとしてでも上手くやっていけるなら、その方がいいに決まっている。

ビジネスパートナー……そうだ！

「旦那様！　私に試用期間を下さいませ！」

「し、試用期間？」

「はい、そうです！　確かに旦那様のお立場からすれば、いくら公爵家から娶ったとはいえ私の素性をご存じない以上、すぐに家の仕事を任せる気にはなれないのも無理はございません」

私は自分の言葉に自分でウンウンと頷く。

「私は昨夜旦那様に、愛は求めないからビジネスパートナーになりましょうと申し上げました。今の旦那様の状況を商会で例えるならば、『使えるかどうかも分からない人間を縁故採用で仕方なく雇った』状態です。ここで経営者がすべきことは、雇った人間が使える人材かどうか試すことです」

「なるほど……？」

「まずは失敗しても実害のない簡単な仕事から覚えさせ、使えるようであればどんどん仕事を増やせば良いのですわ！　折角のタダで使える労働力、使わないのは損ってものです！」

「つ、妻をタダで使える労働力って……人聞きが悪いな……」

「失礼いたしました。確かに貴族的な考え方ではございませんが、経営者的にはアリ寄りのアリです。タダで使える労働力発言は不適切でしたが、要は折角の使える人材を遊ばせておくのはもったいない、と。これからの時代、貴族といえども経営者の視点は必要不可欠かと思われますわ」

「ふん、経営者の視点など。余計なことをせずとも伯爵家は十分潤っている。金勘定のことなど家令に任せておけば問題ないし、家の中のことは執事と侍女長がよくやってくれている」

　確かに伯爵家が財政的に潤っているのは見れば分かるが……まさか旦那様、領地を治めるのも家令に丸投げ？

　それは危険だ！

と、喉まで出かかったが領地経営に口を出すにはまだ早過ぎる。

　焦らない、焦らない。千の宝石は一昼夜では磨けずって言うじゃない。

「なるほど、信用に足る有能な使用人に恵まれているのですね。流石伝統あるハミルトン伯爵家。素晴らしいことですわ」

　私が殊勝な態度でそう言ってみせると、旦那様は満更でもなさそうだ。

「では、まず私はセバスチャンから家内の仕事について教えを請えばよろしいですね！　他の使用人についても知りたいですし、旦那様、早速皆さんを紹介していただけますか？」

「ああ、確かに使用人の紹介がまだか。私はこの後、所用で少し出掛けねばならん。セバスに伝えておこう」

「ありがとうございます、旦那様」

「いいか、くれぐれも余計なことはするな。お前はただ大人しくこの家で過ごせばそれで役割を果たしているのだからな」

　お茶を飲み終えた旦那様が立ち上がり手元の呼び鈴を鳴らすと、ほどなくしてセバスチャンが入室してきた。

「失礼いたします。坊ちゃま、お食事がお済みですか？」

　……まさかとは思いますが、今、坊ちゃまと言いましたかね？

　思わず私が二人の顔を凝視していると、それに気が付いた旦那様がバツの悪そうな顔をした。

「セバス、私はもうこの伯爵家の当主なのだぞ？　外の者がいる前で坊ちゃまと呼ぶのはやめてくれ」

外の者って……私、伯爵夫人ですけど？

はぁーもう、使用人の前でそういうこと言うかなぁ。

ちらりと見れば、セバスチャンも気まずそうにしている。旦那様がこういう物言いをすると、使用人のなかでの私の立場が下がりかねないのだ。それでは困るので後できっちり意見しておこう。私は心のメモ帳にしっかりとメモを取った。

「全く……馬車の用意はできているか？」

「はい、いつでも出られるように玄関横にて待機しております」

「そうか、では私はもう行く。後のことは任せたぞ、セバス。この者に使用人を紹介して、邸の中のことを説明してやってくれ」

旦那様はそう言うと食堂を足早に出ようとして、入り口付近でクルリと振り返る。

「いいか、余計なことはするなよ？　……行ってくる」

「かしこまりました。玄関までお見送りを……」

「いらん！」

バタンッと扉が閉まると、微妙な空気の私とセバスチャンが残された。

「それでは奥様、早速使用人達を紹介させていただきます。こちらに連れてまいりますので、お待ちいただく間お茶のおかわりはいかがですか？」

「ありがとう、頂くわ」

「かしこまりました」

セバスチャンが手をパンパン、と打ち鳴らすと、「失礼いたします」の声と共にティーセットを持ったマリーが入ってきた。入れ替わりにセバスチャンはお辞儀をして部屋を出ていく。なるほど、廊下で既に待機していたのか。流石伯爵家の使用人達は教育が行き届いているようだ。公爵家とは大違いである。

「失礼いたします、奥様。奥様のお好みがまだ分かりませんでしたので、お茶を数種類持ってまいりました。何かお好きな銘柄などはございますか？」

おお、まだ若いのにこの気配り！

これなら他の使用人達にも希望が持てそうだ。平民上がりでまだ十八歳の小娘が伯爵夫人だなんて、最悪使用人にいびられる覚悟もしていたのだが、これだけ教育が行き届いているのなら表面上だけでもちゃんと奥様扱いしてもらえるかもしれない。

私が、マリーと楽しく選んだお茶を美味しく飲んで寛《くつろ》いでいると、トントントントン、と扉が四回ノックされた。

「どうぞ」

奥様モードで入室を許可すると、セバスチャンを先頭にぞろぞろと使用人達が入ってくる。……多い。

「下働きの者達も含めるとこれで全員ではございませんが、主だった者達は連れてまいりました。これだけの人数を一度にご紹介するわけにもまいりませんので、まずは奥様と直接関わる機会の多い者から紹介させていただきます」

セバスチャンがそう言うと、ずらっと並んだ使用人達の中から数人がスッと一歩前に出た。

「右から順番に侍女長のミシェル、侍女のダリア、アイリス、デズリーでございます」

名前を呼ばれた女性達が、順番に頭を下げていく。

「その隣がコック長のハリスとメイド頭のオードリーでございます」

先ほど紹介された侍女達の隣にいた恰幅《かっぷく》のいい調理服の男性と、この中では一番年長と思われる女性が頭を下げる。

「後ろの者達は、家の中を整えるメイドや御者に庭師などです。直接奥様と顔を合わせる機会もあるかと思いますので連れてまいりました」

セバスチャンが後ろに控えた使用人について説明すると、ずらっと並んだ使用人達が一斉に頭を深く下げた。

「他にも調理場や洗濯場での下働きや厩番《うまや》がおりますが、直接奥様のお顔を拝見させていただくようなことはございません。この者達の顔だけ覚えていただければ十分でございます」

「そうなのね、ありがとう。皆さんもよろしくね」

私は、顔面上はいかにもお貴族様風な微笑みを浮かべながら、ガッツリと使用人達を見定めさせてもらった。

初対面時に得られる情報というのは、あながち捨てたものではない。

たとえばメイド頭のオードリーさん。あれは要注意だ。表面上はにこやかだが、目が笑っていない。表面上の取り繕い方の上手さから見ると恐らく王都暮らしの貴族の出。けれども詰めの甘さからして下級貴族の次女以下と見た！

うん、後で誰かに聞いてコッソリ答え合わせをしてみようっと。

侍女長を始めとする侍女達は、みんな表情が読みにくい。恐らくこれまた貴族の出だろう。これだけ裕福な伯爵家の侍女ともなれば平民がなれるものでもないので、当然といえば当然だ。

一方、後ろの列に並んでいる使用人達からはかなりの緊張を感じる。まだ慣れていない行儀見習いの下級貴族の子女もいるけど、大半は上位層の平民ってところかな？

マリーのように分かりやすく好意的な人間もいないが、あからさまに私を見下したり敵意を見せたりする人間がいないことにひとまず胸を撫《な》で下《お》ろす。

ムダな争いごとはしたくないからね、平和が一番！

「本来であれば家令のマーカスもご挨拶させていただくべきところなのですが、生憎《あいにく》と本日はユージーン様の外出の付き添いをしております。その後、急ぎ領地に戻らなければならないとのことですので、奥様にくれぐれもよろしくと申しておりました」

「そう。構わないわ」

マーカスはさっき旦那様の話に出てきた、お仕事丸投げ疑惑の家令だ。恐らくこちらも要注意だろう。

「それでは、皆は仕事に戻るように」

セバスチャンが言うと、使用人達は来た時と同じようにぞろぞろと退室していった。

うん、名前が聞けた人達に関しては顔と名前は一致させたわ。他の使用人達についても、後々顔と名前を覚えていこう。セバスチャンはそこまで必要ないという口ぶりだったけれど、私はできれば邸で働いている使用人は全員把握しておきたい。

「奥様、この後はいかがいたしますか？」

「そうね、旦那様からそうしていいと言われているし、お邸の中を案内してもらえるかしら？」

「かしこまりました。それでは早速ご案内いたします」

やった！　伯爵邸探検だ！

このお邸、珍しい物や高価な物、最新鋭の魔道具なんかがゴロゴロありそうだから是非色々と見て回りたかったのだ。私は先導してくれるセバスチャンについて、ウキウキと部屋を出た。


そうして始まった伯爵邸探検は、昼食までの時間で邸の全てを見て回るのは無理だろうということで（広いな伯爵家！）、まずは私の希望で庭園と図書室を案内してもらうことになった。

色とりどりの花が咲き乱れる庭園はそれは素晴らしく、お茶会ができる温室まである。広さも相当なもので、半分くらいを見て位置関係を覚えたところで邸へ引き返すことにした。

丁度花壇の植え替えをしていた庭師にも話を聞いたのだが、この先のバラ園は社交に訪れた貴族の子ども達が楽しめるようにと、ちょっとした迷路になっているらしい。

これは一人で来たら本気で迷子になるかもしれない、気を付けよう。そんなことを考えていたその時、視界の端にチラチラと一つ小さな光が動いているのが見えた。

――あれは！

あまりの懐かしさにその光に駆け寄りそうになったが、グッと堪える。

光はこちらに気付くこともなく一つの花壇の側をふわふわと飛んでいるが、目を凝らしてもその姿がはっきりと見えることはない。

「あの花壇のお花は見たことがないわ。何という名前の花かしら？」

私がその光が飛んでいる花壇について尋ねると、庭師がこれまた丁寧に教えてくれた。この庭師の名はナバールといって、先々代の頃からハミルトン伯爵家に仕えている古株の使用人のうちの一人だそうだ。恐らくは六十代を越えていそうなお爺《じい》ちゃんだが足腰もしっかりしていて、生き生きと植物の世話をしているその様子はそこらの貧弱な貴族令息よりもよほど逞《たくま》しい。

ナバール曰く、そこの花壇に咲いているのは名もない野草で、本来であれば貴族の庭園に植えるようなものではないそうだ。

元々伯爵領ではあちらこちらにこの花が咲いていて、先々代の伯爵夫人、つまり旦那様のお祖母様《ばあさま》がこの花をとても気に入っていたらしい。そこで当時の伯爵（旦那様のお祖父様）が命じて王都の邸にも植えさせた、というわけだ。

ということは、あの子達は遠方のハミルトン伯爵領から付いてきた子達なのかもしれない。

自然豊かな田舎の街ではもっとはっきりとした姿が見えていたのだが、王都に連れてこられてからはその光を目にすることさえなかった。王都の空気ではあの子達は暮らせないのだろうと諦めていたのに、まさかここでまた会えるなんて。

きっとここの庭はそれほど丹念に、心を込めて世話されているということなのだろう。

あぁ、伯爵家の庭師さん達サイコー！　ナバールさんありがとう！

「では、次は図書室にご案内いたしますがよろしいですか？」

セバスチャンにそう促された私は、後ろ髪を引かれる思いで。けれど顔にはそれを出さずに邸の方へ戻っていく。戻る時にさり気なく振り返ると、三、四個に増えた光が心なしか楽しそうに飛び回っていた。

増えてるー！

思わず嬉しい気持ちが心に溢《あふ》れてしまうと、唐突に私に気が付いたかのように、光の一つがこちらへ猛スピードで飛んできた。

クルクルと私の周りを飛び回るその光は、薄《うっす》らと形になっていく。

やっぱり！　精霊さん！

《精霊さん》は、小さな頃からの私の秘密の友達だ。

私には何故か物心付いた時から精霊が見える。

それは母も同じで、当たり前のように精霊が側にいて喋ったり遊んだりしていたので、まるで普通のことだと思っていた。

だから、父が精霊と話せず姿もぼんやりとしか見えていないと知った時は驚いたし、他の人に至ってはその存在すら気付いていないことに驚愕《きょうがく》した。

流石に不思議に思い、両親に何故自分には精霊が見えるのか、精霊とは一体何なのか、と聞いたこともあるけれど、はっきりとした答えが返ってきたことはない。

唯一母から、精霊の力は自然の力そのものだから大切にするように、と言われたことがあるくらいだ。二人も何も知らなかったのか、はたまた何かを隠していたのかは結局今も分からない。

「奥様？」

つい立ち止まった私に、セバスチャンが声を掛ける。

「ごめんなさい、何でもないわ。行きましょう」

今ももちろん、私以外は誰もこの精霊に気付いていない。

私の近くを飛ぶ精霊は、色と姿形は薄ぼんやりと見えるようになったが、どうやら話しかけてくるほどの力はないようだ。

嬉しそうに私の周りをクルクル回った後コテンと首を傾けてこちらを見ている。

（……ごめんね、今は人がいるから。今度遊びに来るからね）

私が小声でそう話しかけると、精霊はまた私の周りを数回クルクルッと回って花壇の方へと戻っていった。


続いて案内してもらった図書室も素晴らしいものだった。

他国の調度品が多く飾られたどこかオリエンタルな雰囲気の図書室は、まるで本の海かと思うほどの蔵書に溢れている。

これでも女官を目指し高等教育も受けた身だ。結構あちこちの図書館に足を運んだことがあるのだが、そのどれよりも伯爵邸の図書室は立派なものだった。

何代か前の当主が他領に先駆けて他国との貿易を始めたとあって、他国の蔵書が多いのも嬉しい。

私達が暮らすフェアランブル王国は、かつては他国を従えるほどの権勢を誇る大国だったのだが、今では他国に様々な面で後れを取り、すっかり弱小国家になりつつある。

魔法に関してもそうだし、医療に教育、政治など、本当にありとあらゆる面で後れているのだ。この国では他国との交流が厳しく制限されているのだが、それは王家がその事実を国民に知られたくないからなのかもしれない。

私としては、他国に後れを取っているならそれこそ積極的に交流を深め、学べるところは学んでいけば良いと思うのだが、そういうものでもないらしい。

とにかくそんなわけで、他国の蔵書は貴重なのだ。

まだ読んだことがない本がズラッと並んでいるその光景は、久しぶりに私をワクワクとした明るい気持ちにさせてくれる。本の背表紙を確認しながら図書室の中を歩いていると、セバスチャンが声をかけてきた。

「奥様は、本がお好きなのですか？」

「ええ、大好きよ！　この図書室は、これから私も自由に使っていいのかしら？」

「もちろんでございます」

「まぁ嬉しいわ！　早速何冊かお借りしても？」

「もちろんでございます。お選びいただければ、後ほどお部屋へ届けさせていただきます」

セバスチャンの返事を聞いて嬉しくなった私は小躍りしそうな足取りでさらに図書

室の中を物色し、本も何冊か選ばせてもらった。……のだが、ついつい本棚を一台ずつゆっくり見てしまい、結局本棚すら全て見て回ることはできなかった。

昼食までの時間では邸全体を案内するのは難しいとは聞いていたけど、まさか庭園と図書室だけでも見きれないとは。

ハミルトン伯爵邸の豪邸振りは本当に規格外だ。


その後は、味も量も共に申し分ない昼食をこれまたしっかり完食した後、セバスチャンに邸のことについて色々教えてもらった。

当たり障りのないことしか説明してくれない辺り、私の信用はないらしい。

婚姻までの過程を考えれば当然のことだし、むしろペラペラ喋ってしまうより信用できるともいえるだろう。

「伯爵夫人としてのお仕事は、今はどなたが代行なさっているの？」

「侍女長のミシェルでございます」

「そうなのね……。ねぇセバスチャン、私は少しずつでも伯爵夫人としてお仕事をしていきたいと思っているの。何かできることはないかしら？」

「ユージーン様からは、奥様にはゆっくりお過ごしいただくよう言付かっております。

仕事については私共にお任せいただき、まずはこちらでの生活にお慣れください」

うん、つまり余計なことはせずに大人しくしとけってことね。

「そうだわ！　結婚式に参列してくださった方達にお礼状を書くのは妻の務めではないかしら？」

「既にミシェルが代筆しておりますので、ご安心ください」

……くっ、仕事が早いね、伯爵家！

仕方ない、いきなり出過ぎた真似《まね》をして反感を買っては元も子もないし、とりあえず部屋で大人しく本でも読もう。

食事を終えて自室へ戻ると、午前中に選んだ本が部屋に届けられていた。

隣国の歴史や文化について書かれた物に、公爵家では読ませてもらえなかった政治や経営の本（女に政治や経営の知識は必要ないってさ！　古っ！）、伯爵領の風土や特産品について書かれた物、庶民に好んで読まれている民話の本から大衆娯楽小説まで。実に多種多様な本が揃《そろ》っている。

これだけあれば暫《しば》くは暇をせずに済みそうだ。

精霊達にも会いにいきたいし、この邸のこともっと知りたい。焦らずに少しずつ使用人達と打ち解けて、信用を勝ち取っていこう。

こうして幕を開けた私のハミルトン伯爵家での暮らしは、想像以上に穏やかに過ぎていった。

◇　◇

あれから何度か庭園に足を運んだけれど、残念ながらまだ精霊達には会えていない。正直精霊はかなり気まぐれなので、こればっかりはしょうがないだろう。

そういえば、仲良しだった精霊達は母お手製のジャムがたっぷり乗ったクッキーが大好物で、焼いていると必ず現れていた。コック長のハリスとは食事の時メニューについて話したりして少しずつ打ち解けてきたし、今度思い切ってクッキーを焼きたいと頼んでみようかな？

旦那様は律儀な性分のようで、なんだかんだと言いながら夕食はいつも私と一緒にとっている。特に話が弾むことはないが、意外と聞けば色々教えてくれることが分かったので、領地のことや旦那様のことを機嫌を損ねない程度に聞き出していた。

「それでは、旦那様が領地へ行かれることはあまりないのですか？」

「ああ、特に必要性もないからな。逆に私の研究は王都にいた方が都合が良いのだ」

詳しいことは知らないが、旦那様は学生時代に考古学に魅せられ、今でも個人的に研究を続けているらしい。金持ちの道楽感が凄いのは偏見だろうか。

食後のお茶を飲みながら恒例となった情報収集に勤《いそ》しんでいると、珍しくセバスチャンに声をかけられた。

「坊ちゃま、マーカスが戻ってまいりました。定例報告があるそうですが、こちらに通しますか？」

「いや、執務室に通しておいてくれ。これを飲み終わったら、私がそちらへ行く」

素知らぬ顔で話を聞いていた私は、しれっと会話に加わった。

「あら、家令のマーカスかしら？　旦那様、私まだマーカスと顔合わせが済んでいませんのよ。折角なのでご一緒してもよろしいですか？」

私のその申し出に、旦那様は軽く難色を示した。恐らく伯爵家の運営にあまり関わらせたくないという気持ちの表れだろう。しかし、ここで簡単に引き下がるわけにはいかない。表面上はあくまでにこにこと話を進めていく。

「ハミルトン伯爵領が豊かで素晴らしい所だという話はかねがね聞いていましたし、マーカスは旦那様が信頼してお仕事を任せている方なのでしょう？　となれば、きっと立派な方に違いありませんわ。後学のためにも是非お話を聞いてみたいのです」

「まぁそうだな。伯爵領は豊富な資源にも恵まれているし、領民の気質も良い。マーカスは信頼に足る男で、領地運営の腕も確かだ」

「ええ、伯爵家の使用人の質は本当に素晴らしいです。これも代々の伯爵家御当主様の人徳がなせる業ですわね」

「ふむ、お前に言われるまでもないことだが、まぁその通りだ。……そうだな、よし。挨拶もまだなら話くらいは聞かせてやろう。セバス、やはりマーカスをこちらに呼んでくれ」

「……かしこまりました」

セバスチャンが何とも言えない表情で私をチラリと見てから苦笑する。私も澄ました顔で紅茶を飲みながら、少しイタズラっぽく目配せをした。

この数日でセバスチャンとは大分打ち解けてきたし、マリーとはすっかり仲良しだ。残念ながら他の使用人達とはまだそこまで交流を持てていないが、嫌みを言われたり嫌がらせをされるようなこともない。伯爵家の使用人の質が素晴らしいと言ったのは、紛れもない本心だった。

セバスチャンが呼びにいってすぐに食堂にやってきたマーカスは、五十代くらいで取り立てて目立つところのない風貌の男だった。中肉中背で、家令というよりどこか商人のような雰囲気がある。国有数の資産を持つハミルトン伯爵家の家令なだけあって、身に付けている物は全て一級品だ。

今にも手を揉《も》みだしそうなほどにこにこしながら部屋に入ってきたマーカスは、私と旦那様の前で一礼する。

「ユージーン様、只今《ただいま》戻りました」

「あぁ、ご苦労だったな」

挨拶を交わす二人を観察していると、ふと後ろから強めの視線が注がれていることに気が付いた。

……ダリア？

侍女のダリアがマーカスを凝視している。マリーに聞いたところ、ダリアは王都でも人気の化粧品を取り扱っている子爵家の次女だそうだ。ハミルトン伯爵家とも商売上の繋がりがあり、その伝手《つて》で侍女として行儀見習いに上がったらしい。貴族の令嬢らしく相変わらず表情は読みにくいが、その視線の強さは隠せていない。

——これは……訳アリだな。

そんなことを考えながら、私はマーカスの領地に関する報告に耳を傾けていた。

「……といった具合ですね。変わらず伯爵領の経営状況は上々です。鉱山からの採石率は保てていますし、新たな鉱脈も発見いたしました。宝石の原石に関しましては、例年通りフェアファンビル公爵家を優先して卸しております。領民の暮らしも変わりなく、皆伯爵様に感謝しながら豊かに暮らしておりますよ」

にこにこしながら報告をするマーカス。

「そうか、変わりがないようで何よりだな。いつもご苦労、マーカス。もう下がっていいぞ」

え、それだけ⁉

いや、いくら口頭での報告とはいえざっくりし過ぎでしょう。

というか、報告書はないの？　先に口頭で報告してからまとめるとか？　効率悪くない？　ちゃんと数字とか確認しながら報告聞きたいのだけど……。

一礼して下がろうとしているマーカスに、ズビシッと右手を挙げて声をかける。

「すみません、いくつか質問よろしいでしょうか⁉」

「お、おいっ、またそれか！　余計なことは言うなと言っているだろうが！」

「余計なことではございませんわ。ハミルトン伯爵家に嫁いできたからには、領地について学ぶのは夫人としての最低限の務め。まだ経験の浅い私には、聡明《そうめい》な旦那様のように一を聞いて十を知ることはできないのです。分からないことはきちんと尋ねなければ！」

右手を挙げたままフンスと息を荒くする私に、旦那様は諦め顔で一応質問を許可してくれた。多分微妙に褒められたのが嬉しかったのだと思う。

旦那様がチョロくて、妻は少し心配ですわ。

さて、質問の許可も得たところでこれ幸いと私は様々な質問をマーカスにぶつけてみた。

「鉱山から採れる宝石以外に、伯爵領に特産品のような物はあるのか」

「隣国との貿易のパイプはまだ繋がっているのか」

「領民達の暮らしぶりや教育、就業状況はどのようになっているのか」

などなど。想像以上に突っ込んだ質問を繰り出す私に途中旦那様の顔が引《ひ》き攣《つ》っていたようにも思うが、まぁ何とかなるだろう。この機会を逃す方が痛い。

むしろ私が想定外だったのは、マーカスがそれらの質問全てに、この場で素早く回答できたことだった。

……ということは、この人も伯爵領の問題点は把握しながらも、現状景気が良ければそれで良いと放置しているってことよね？

にこにこ話すマーカスは、やはりかなり曲者《くせもの》だ。

商売人としてはそれで良いかもしれないが、領地経営を任せるのであれば、領地の将来までしっかり考えてくれる人間でなければならない。商売人は、そこで商売をする旨味《うまみ》がなくなれば場所を変えれば良いだけなのだから。

◇　◇　◇

それからさらに二週間ほどが過ぎたある日のこと。

私はマリーが淹れてくれたすっかりお気に入りのカモミールティーを飲みながら、マーカスから受けた伯爵領の報告やこの数週間で知った伯爵領の特産物など様々な資料をまとめていた。

たとえば、初日に着てそのあまりの肌触りの良さに驚いた部屋着。あれはてっきりシルクかと思っていたのだが、何と伯爵領で採れる糸を使って織った布だというのだ。しかも裕福な家の奥方達が趣味で織っている物で、ほとんど流通はしていないという。

なんというもったいない話か！

あの品質ならば間違いなく王都の貴族にも大人気になるだろう。伯爵領の新たな特産品になるかもしれない。

それから、伯爵家で出されているパン。小麦の味がしっかりしていて、公爵家で出される物より美味しいのだが、聞けばこれも伯爵領で収穫できる小麦を使っているというではないか。そしてこれまたほとんど流通はしていない。

もったいない、もったいなさすぎる！

もし伯爵領が貧しい領地であったなら、間違いなくこれらの物は王都に持ち込まれ、たちまち人気の商品になっていたはずだ。しかしながら、いかんせん伯爵領は金持ちだ。わざわざ領地にある物を売り込む必要がなかったのだろう。

では、何故そこまで伯爵家は金持ちなのか。

答えは至って簡単。マーカスからの報告にもあった通り、伯爵領には宝石鉱山があるのだ。この宝石鉱山から採れる宝石の原石は国でも指折りの品質で、他領から（特に隣のフェアファンビル公爵領からは歯嚙《はが》みされるほど）羨ましがられている。

この鉱山が発見されるまでは、伯爵家は他国との貿易で財を成してきたという歴史があったはずなのだが、近年の伯爵領の財政はこの宝石鉱山に依存しきっているといってもいい。

鉱山の埋蔵量がどれほどあるのかは知らないが、永遠に鉱物が尽きない鉱山などあるわけがない。絶対にいつか宝石は採れなくなるのだ。その時ほかの産業が廃れてしまっていれば、伯爵領の行く末は悲惨なものになる。

先日の様子からして、マーカスがこのことに気が付いていないとは考えにくいのだが、何か考えがあるのか、はたまた伯爵家を喰《く》い潰すつもりなのか……今は時期尚早だが、いずれ見極める必要があるだろう。

取り急ぎ私としては、万が一鉱山に何かあった時も領民達が暮らしていけるように、他の産業も発展させていきたいと考えている。

一度領地にも直接行ってみたいな。

そんなことを考えながらノートを閉じると、ふと階下から騒がしい声が聞こえてくることに気が付いた。

「あら、何だか階下が賑《にぎ》やかだけれど、お客様が来られる予定なんてあったかしら？」

「いえ、そんな予定はなかったはずですが……」

マリーも困惑顔で、様子を見てまいります、と部屋から出ていく。

貴族の邸に前触れもなく訪れるなど、よほど親しい間柄でもない限りあり得ない。

旦那様のご友人やご親類とか？　本人はいつものごとく外出しているのだけれど、こういう場合は私が対応するべきなのかな？

うーん？　と一人首を捻《ひね》っていると、マリーがますます困った顔で戻ってきた。

「奥様にお客様なのですが……」

「え、私!?」

当然だが、突然訪ねてくるような親しい知り合いに覚えはない。自慢じゃないが貴族界には友達が一人もいないのだ。

「フェアファンビル公爵家の、クリスティーナ様です」

「！」

その名前を聞いて顔を引き攣らせなかった自分を褒めたい。

「約束もしていないということで、セバスさんがやんわりとお断りしたようなのですが、嫁いだ姉を慕って訪ねてきた妹を追い返すなんて酷い！　とゴネているご様子でして……」

うわぁ……セバスチャン、ごめん。

このままセバスチャンに対応を任せるのが正解なのかもしれないが、何せ相手はあの公爵令嬢《クリスティーナ》だ。約束もなしに押しかけてきたのだから大丈夫だとは思うけど、使用人相手に不敬だ何だと騒がれたら少し面倒な事態になるかもしれない。

折角少しずつ使用人のみんなとも仲良くなれてきたところなのに、こんなことで台無しにされては堪らない。

本当は、クリスティーナの顔なんて二度と見たくないのだけど……。

私は立ち上がると、胸元のペンダントをギュッと握った。

「……私が会うわ。フェアファンビル公爵令嬢を応接室にお通しして、大至急私の準備を整えてちょうだい」

「かしこまりました！」

私の返事を受けてマリーがパタパタと部屋から出ていくと、入れ替わるようにしてダリアとアイリス、デズリーの三人が部屋に入ってきた。

「奥様、流石に湯浴みの時間はございません。足湯で身体を温めながら手脚のマッサージ、ヘアセット、メイクと同時進行させていただきます」

そんなに同時に⁉

ダリアが言うが早いか、三人はそれぞれに素早く動き、みるみるうちに準備を整えると私の支度に取りかかった。足を温められ髪を梳《と》かされ顔にクリームを塗られ。三人がかりで磨かれる私が放心していると、パタパタとマリーが戻ってきた。

「ご報告申し上げます。フェアファンビル公爵令嬢は第一応接室にお通しして、侍女長が対応しております。お茶は隣国アウストブルクから取り寄せたセイロンを、公爵令嬢のお好きなミルクティーにしてお出しし、お茶菓子は今王都で人気の名店……」

と、事細かにクリスティーナへのもてなしについて説明される。来客（勝手に来たけど）をもてなす側として、当然その内容は把握しておかなければならないのだ。

同時多発プロ……。思わずそんな言葉が頭を過《よぎ》る中、身体をプロ達にゆだねきった私は、クリスティーナの来訪の目的について考えていた。

クリスティーナは「嫁いだ姉を慕って訪ねてきた」などと言っていたらしいが、そんなことはあり得ない。クリスティーナは私を慕ってなんていないし、そもそも姉として認めてすらいない。何なら人間扱いしているのかさえ怪しい。

言い過ぎでも何でもなく、本当に私は公爵家でそういう扱いを受けてきたのだ。

ちなみに、初対面で紅茶をティーカップごと投げつけられた。

『あなたみたいな人間が、貴族社会に受け入れられるはずがないの。きっと伯爵家でも厄介者扱いされるに決まっているわ。いい？　親子共々フェアファンビル公爵家に泥を塗るような真似だけはしないでちょうだいね！』

結婚式の前日、嘲笑《あざわら》うように言われたクリスティーナの声がまだ耳に残っている。

――私は逃げないわよ、クリスティーナ。

あれだけ酷い扱いを受けていながら、私が公爵家で従順なフリをし続けてきたのはある目的があったからだ。

──失踪した両親を捜し出す、という目的が。

周りの大人はみんな、『私の両親は死んだ』と言うけれど、私は二人が生きていると信じている。

そして多分、二人の失踪には何らかの形で貴族社会が関わっている。

そう思っているからこそ、私は公爵家からも逃げ出さず伯爵家にも嫁いできたのだ。

フェアファンビル公爵家の養女としてしか存在していなかったあの時は、公爵家の気持ち一つで私を消すことは簡単だっただろう。

だからこそ、大人しく弱気な少女のフリをしていた。

でも、今の私はハミルトン伯爵夫人だもの。そう簡単には消せないでしょう？

「奥様、お支度が整いました」

そう言われて鏡を見ると、そこには公爵家にいた頃とは比較にならないほど美しく磨かれた自分が映っていた。

艶やかで流れるような美しい金色の髪。人形のように白く滑らかな肌に透き通った翠色《みどりいろ》の瞳。伯爵家で過ごした時間で取り戻した健康的な身体はメリハリを持ち、最新流行のドレスがそれを引き立てている。

私は、鏡の中の自分を見つめてにっこりと微笑んだ。

本っっ当に嫌い、あの女。

◆　◆　◆

アナスタシアは、フェアファンビル公爵家に巣食う癌《がん》みたいなものだ。

ようやく通されたハミルトン伯爵邸の応接室のソファーに優雅に腰掛けると、クリスティーナは周りにこの感情がバレないようにふんわりとした微笑みを浮かべた。

事の始まりは、事業の相談をしに行ったお父様に対してハミルトン伯爵家から提案された縁談の話だった。

『フェアファンビル公爵家に有利な形で業務提携を結び、資金援助もする。その代わり、ハミルトン伯爵家と縁を結んでほしい』

当時代替わりしたばかりで実権を持っていなかった当主に代わり、先々代の伯爵にそう打診されたというのだ。それはつまり私が、このクリスティーナ・フェアファンビルがハミルトン伯爵家に嫁ぐということだ。

この私が？　筆頭公爵家の令嬢で社交界の華と持《も》て囃《はや》されているこの私が、格下の伯爵家に……!?

ハミルトン伯爵家の当主は、《若き美貌の伯爵》と社交界でも名高いユージーン・ハミルトンだ。何度か社交の場で見かけたことはあるが、かなりの美形だった。

見目も良く未婚の令嬢から大人気のユージーンが相手ならそこまで悪い気もしない。

……が、伯爵家というのがどうしても気に入らなかった。

筆頭公爵家の令嬢である自分なら、自国の王家や同等の公爵家との縁組が当然だと思っていたのだ。一歩譲って有力な侯爵家ならまだ我慢もできる。それが、いくら国有数の資産家とはいえ伯爵家なんて格下過ぎる。

そう考えた私は、あの伯爵は少し惜しかったけれどこの縁談を突っ張ねた。

お父様は私を溺愛している。元々私を伯爵家に嫁がせることに抵抗を感じていたようで、私が涙を浮かべて訴えれば簡単にそれを認めてくれた。

とはいえ公爵家の財政事情が良くないのは確かで、伯爵家からの援助を諦めきれなかったお父様は、私の身代わりとしてどこからか一人の少女を連れてきた。

それが先代公爵の年の離れた弟で、駆け落ちなどという馬鹿なことをした男の娘、アナスタシアだったのだ。

当時アナスタシアはアナと名乗り平民として暮らしていたらしい。

既に両親は事故で亡くなっていたそうだが、生意気にも高等学舎に通っていたという。両親を亡くしたアナには後見人が付いていて引き取りを拒否しようとしたらしいが、公爵家に敵《かな》うわけがない。

かくしてアナはアナスタシアとなり、公爵家で教育を受けることになったのだ。

公爵家の娘としてクリスティーナの代わりにハミルトン伯爵家に嫁ぐ、ただそれだけのために。

私が初めてあの女に会ったのは、私が十四歳の時だった。アナスタシアは十六歳。

平民街で見つけた公爵家ゆかりの女が自分の姉になるのだと聞かされた時の不快感といったらなかったが、それで伯爵家との縁談から逃れられるならまぁ我慢しようと思った。伯爵家と縁を結べばお金も沢山入るっていうし、どうせ自分が関わる必要もないのだ。

引き取ってすぐ伯爵家に嫁がせるのだから、あまり顔を合わせなければいいだろう。

気に入らなければ、自分の立場を思い知らせてやればいい。

ああ、気分が悪い時の憂さ晴らしに使ってやってもいいわね。

そんなことを考えて少し気分が良くなった私の前に連れてこられた自分の姉となる少女は、私が想像していた貧相な平民とは全く違った。

貴族令嬢のように磨かれているわけではないけれど、十分に健康的で美しい肌と整った顔立ち。スラッとした手脚に仕立ての良い清潔な服。臆する様子もなく、真っ直《ますぐ》ぐクリスティーナを見つめる聡明な瞳は翠色で、そして何より――。

輝くような金色の髪。

――何よ。何よ何よ何よ！　気に入らない!!

アナスタシアを一目見た瞬間に苛立《いらだ》ちが湧き、思わず手元のティーカップを投げつけていた。

「怖いわ、あの子が凄く怖い顔で睨《にら》んでいたの。私、お姉様ができるなら仲良くしたいと思っていたのに！」

私は咄嗟《とっさ》にそう言って泣き真似をしながらお父様に抱き付いた。

お父様も使用人達も当然のように私を信じて、アナスタシアは紅茶を被ったまま罵倒されその場に立ち尽くしていた。

筆頭公爵家の娘は私よ。

私は誰よりも美しいの。愛されているの。価値があるの！

幼い頃から自他共に認める美しい少女だった自分。お父様にもそれはそれは可愛がられていたし、周りも皆私にちやほやしてくれた。

――でも、髪色は白銀だった。

私は本当は、自分の髪色が父ではなく母に似てしまったことを口惜《くちお》しく思っていた。王家と筆頭公爵家にしか生まれることのない金色の髪色は、まさに王者たる者の象徴として敬われる。この美しい私が金色の髪さえ持っていれば完璧だったのに。

常日頃そう考えていた私にとって、アナスタシアの存在は受け入れ難かった。平民育ちと嘲笑っていたはずの人間も、アナスタシアの輝く金色の髪を見れば畏敬の念を抱いてしまうだろう。それが恐ろしかった。

だから、とことんアナスタシアを貶《おとし》めた。

ある事ない事言い触らし、使用人達がアナスタシアを虐《いじ》めるように仕向けてやった。お父様は元々アナスタシアを憎んでいたし、公爵家の嫡男であるアレクサンダーお兄様は隣国へ留学中。フェアファンビル公爵家は、私の思いのままだった。

ああ、いい気味。

髪色が金色でないことは、自分で思っているより遥《はる》かにコンプレックスになっていた。本当は金色の髪の人間に対して嫉妬や憎しみにも似た感情を抱いていたのだ。

だからといって、父や兄、ましてや王子や王女にそんな気持ちをぶつけられるはずがない。そこに現れた金色の髪のアナスタシアは、私にとって格好の的だった。

アナスタシアを虐げれば虐げるほど。

アナスタシアが周りから貶められれば貶められるほど。

今まで満たされることのなかった何かが満たされるような気持ちになった。

それに加えて、自分で伯爵家との縁談を突っ張ねておきながら、アナスタシアに譲るとなると途端にユージーンのことも惜しく思えてきた。間違ってもユージーンがアナスタシアを大切にして、アナスタシアが幸せになるなんて許せない。

だから少し、仕込みをしておいた。

ユージーンと友人関係にある自分の取り巻きにそれとなく吹き込んだのだ。

ユージーンがアナスタシアを嫌うように。

平民育ちの女を娶るなんて恥ずかしいと思わせるように。

──初夜で、アナスタシアが辛《つら》く恥ずかしい目に遭うように。

取り巻き達の話ではユージーンも話に乗っかっていたそうなので、アナスタシアはきっと素敵な初夜を過ごしたことだろう。

ふふっ！　あぁ楽しい。アナスタシアのあの澄ました顔が悔しげに歪《ゆが》むところを想像するとスッとするわ！

アナスタシアがハミルトン伯爵家に嫁いだ最初の頃は、アナスタシアがどれほど伯爵家で酷い目に遭っているかを想像するだけで楽しかった。

段々それだけでは満足できなくなり、自分の目で確かめたくて何度もお茶会の誘いの手紙を出したが断られた。

自分だから断られるのかと、自分の取り巻きの令嬢達にもお茶会の招待状を送らせたが、それにも丁寧な断りの返事が来るだけだった。

ついに我慢をしきれなくなったクリスティーナは、今日ハミルトン伯爵家に直接押しかけたのだ。

「何回手紙を出しても返事も来ないなんておかしい」

「まさかお姉様は伯爵家で辛い目に遭っているのではないか」

と、義姉の身を案じる如何《いか》にも健気《けなげ》な妹のフリをして、外聞を悪くすることなく見事に伯爵家に入り込んだというわけだ。

そもそも、私は公爵令嬢なのよ？　それを約束がないからって追い返そうとするなんて、ほんと生意気な使用人ね！

出されたお茶を飲みながら、アナスタシアの登場を待つ。

きっと伯爵家でも粗雑に扱われて、ボロボロになった姿を見られるはずだ。本当は公爵家にいるうちにもっとボロボロにしてやりたかったのに、伯爵家に嫁がせるまではと最低限の手入れはせざるを得なかった。

ユージーン様も、私の代わりにあんな女と結婚させられて本当に可哀想《かわいそう》よね。結婚はしてあげられないけど、ちょっとだけなら付き合ってあげようかしら？　そうしたら、アナスタシアはもっと惨めな思いをするだろうし……。うん、いい考え！

アナスタシアを蔑《ないがし》ろにし、自分に夢中になるユージーンの姿を想像すると堪らなく愉快な気持ちになる。

私が最高潮にご機嫌な気分になったところで、ようやく扉がノックされ先ほどの執事の声が聞こえてきた。

「ハミルトン伯爵夫人がいらっしゃいました」

ゆっくりと開いた扉から現れたアナスタシアは、

——今まで私が見たこともないほどに美しかった。

◆　◆　◆

扉を開けてくれたセバスチャンの後ろに付いて応接室へと入ると、向かい側のソファーにクリスティーナが座っていた。目を見開いて私を見ているその表情には、驚きと憎しみのようなものが混ざっているのがすぐに見て取れる。

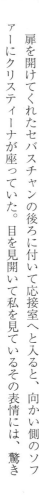

驚きでつい素が出てしまったのだろう。普段外面を取り繕うのが並外れて上手いクリスティーナが、セバスチャンやミシェルがいるのに悔しげに私を睨み付けてきた。

「お久しぶりですね、フェアファンビル公爵令嬢。本日は突然のご訪問で驚きましたわ。一体どういった御用向きですか？」

こちらは敢《あ》えて余裕たっぷりに笑顔でクリスティーナに挨拶をする。ハッとして我に返ったクリスティーナはいつもの外面用の可憐《かれん》な笑顔を浮かべて言った。

「突然ごめんなさい、お姉様。どうしてもお姉様にお会いしたくなってしまったの。フェアファンビル公爵令嬢だなんて余所余所《よそよそ》しい呼び方しないで？　嫁がれてもお姉様は私のお姉様よ？」

よくもまぁこれだけ取り繕えるものだと毎度感心するが、これが生粋の貴族令嬢というものなのだろう。

「お手紙も何度も出したのよ？　お茶会のお誘いもしたのだけれど、全て断られてしまって……」

ショボン、という効果音が聞こえそうなほど肩を落として話すクリスティーナ。ここだけ見れば完全に姉を慕う妹と冷たい義姉の構図ができ上がりだ。クリスティーナの得意技である。

「ごめんなさいね、私はまだ貴族の社交に慣れていないから旦那様が心配してくださっているの。特定の方だけとお会いするわけにもいかないから、皆様のお誘いをご遠慮させていただいているのよ？」

私は私で外面用の奥様モードを貼り付けて応戦する。

ちなみにこれは本当の話で、私に来たお茶会のお誘いは全て丁寧なお断り状を書いて辞退させていただいている。……ミシェルがだけど。

一見和やかな会話に見えるかもしれないが、今このテーブルでは手に汗握る攻防戦が繰り広げられているといっても過言ではない。お互いの腹の探り合いだ。

「まぁ！　ユージーン様はお姉様をとても大切にしてくださっているのね。良かったわ。ほら、ユージーン様には公爵家の都合で無理を利いていただいたでしょう？　お気持ちを心配していたの」

うんうん、「旦那様的には結婚相手が私でさぞかし不服だったでしょう？　大丈夫だった？（ニヤニヤ）」ってことですね、分かります。

まぁ実際かなり不服そうでしたよ。初夜なんか特にね！

「旦那様にはとても良くしていただいているわ」

「でもぉ、新婚なのに毎日出掛けていらっしゃるのでしょう？　私心配で……」

「うふふ、旦那様はお忙しい方だから。でも、そんなにお忙しいのに御夕食はいつも私ととってくださるのよ？　それで十分だわ」

うん、嘘《うそ》は言ってない。

クリスティーナの口元がちょっとヒクッとしている。もう少し揺さぶったら被った猫が逃げていくかしら？

「ほら、顔色も良くなったでしょう？　嫁ぐ前は色々不安な事や婚礼の準備の忙しさもあったから……。今は伯爵家の皆に良くしてもらって、本当に毎日幸せなのよ？」

ヒクヒクッとクリスティーナの顔が引き攣っていく。この子、ほんとに私の幸せ話嫌いだな。

「恥ずかしい話、少し太ってしまったくらいなの（公爵家で過ごした二年間でギスギスに痩せちゃっていたからね！）。私が今幸せに過ごせているのも、旦那様との縁を結んでくれたクリスティーナのお陰よ。ありがとう」

そう言ってにっこり微笑むと、クリスティーナがバンッと机を叩いて立ち上がった。

「お姉様、実は家のことでご相談があって今日は来たの。……人払いをお願いできる？」

しまった、やり過ぎたかも。二年間も大人しく我慢していたから、ちょっとした反撃ができるのが楽しくてつい調子に乗ってしまった。

まさか正面切って人払いを要求されるとは思わなかったよ。

「まぁ、私なんかに何のご相談を？　ここにいるのは信用できる者だけだから、私なんかに話せるような内容ならば聞かれても問題ないと思うわ？」

暗に、私に話せることならここで話せとクリスティーナに促すが、

「ごく個人的な相談なのです……。しかも公爵家の内情にも関わることなので、人前では……ちょっと……」

「まぁ。でも私も既に伯爵家の人間だもの。そんな公爵家の内情に踏み込んだお話を聞くわけにはいかないわ」

「そんな……お姉様はお姉様なのに……酷いです」

ウルウルと目を潤ませるクリスティーナ。これをやられると、いつも問答無用で私が悪者になるのだ。セバスチャンとミシェルもどうしていいか困っているみたいだし仕方ない。

「……分かったわ。セバスチャン、ミシェル、少しの間下がってちょうだい」

「「かしこまりました」」

そうして二人はサッと頭を下げると応接室から出ていった。

部屋を出ていく際にセバスチャンが心配そうにこちらを見てくれていたけど……公爵家とのゴタゴタに伯爵家の使用人を巻き込むわけにはいかない。

さて、ついにクリスティーナと二人きりになっちゃったけど、大丈夫かなこれ？

「アンタ、随分と調子に乗っているみたいじゃない？」

いきなり飛ばしてきたな。

セバスチャンとミシェルが応接室から出た途端にクリスティーナの声がワントーン低くなった。貴族の中には使用人を人だと思っていない人種も多くて、そういった輩《やから》は使用人の前でも平気で本性を現す。しかし、クリスティーナはそんなことはしない。使用人の前でも優しくたおやかな公爵令嬢であり続けるのだ。

……私の前では本性丸出しなのですけどね。

「フェアファンビル公爵令嬢こそ、他家に来てその態度はいただけないと思いますわよ？」

「なに？　公爵家を出たからもう安全だとでも思っているの？　はっ、ちょっとユージーン様に優しくしてもらったからって何か勘違いしちゃったわけ？」

これがさっきまでの可憐な令嬢と本当に同一人物かと疑いたくなるくらいに、今のクリスティーナはいやらしい顔をしている。

……いや、別に旦那様にも優しくしてもらってはないけど。

「調子に乗れるのも今のうちよ！　ユージーン様だって、私が少しその気を見せればコロッとこっちに靡《なび》くに決まっているわ！」

「公爵家のご令嬢が、随分下衆《げす》な物言いですね」

「!?」

公爵家にいる二年の間、歯向かうこともなくされるがままだった私の突然の変貌に流石のクリスティーナも驚きが隠せないようだが、本性を隠すのがクリスティーナの専売特許ってわけではないのよ？

「それで、このように強引に他家に上がり込むなんて、一体どんなご用事があったのですか？」

もう公爵家にいた頃のように何でもいうことを聞く私ではない、という姿を見せるために強気な口調で話を続ける。一瞬呆気に取られていたクリスティーナは、直ぐに気を取り直すと憎々しげに私を睨んできた。

「懐かしいわね、その生意気な目！」

「え？」

「初めて公爵家に連れてこられた時、あなたはそんな目をしていたわ。平民の分際で堂々と背筋を伸ばして、真っ直ぐに私を見つめていた」

ガッ！　とクリスティーナがティーポットを摑《つか》んだ。

クリスティーナと初めて会った時、いきなりティーカップを投げ付けられたことを思い出し、サァッと顔が蒼《あお》ざめる。

今クリスティーナが摑んだティーポットにはお代わり用の紅茶がたっぷり入っている。しかも、ハミルトン伯爵家らしく保温の魔石が使われ、淹れたての温度がキープされた状態の紅茶が、だ。

そんな物投げ付けられたらただでは済まない。

「何をなさるおつもりですか？　フェアファンビル公爵令嬢」

「初めて会った時から気に入らなかったのよ。ここでも粗雑に扱われてボロボロになっているだろうから、その姿を笑ってやろうと思っていたのに。やはり母親に似て、男に取り入るのだけは上手かったのかしら？」

「……どういう意味ですか？」

「やっていることが、顔だけはいい下級貴族の母親そっくりじゃない。辺境伯の遠縁だかなんだか知らないけど、たかだか一代男爵の娘が公爵家の令息をたぶらかすなんてとんでもない話だわ！」

——辺境伯の遠縁？　一代男爵の娘？

興奮して捲《まく》し立《た》てるクリスティーナは私が知らない情報をポロポロと洩《も》らす。

「そんな風に表面だけ綺麗《きれい》に着飾って男は騙せても、育ちの悪さは滲《にじ》み出《で》るのよ！　私がお似合いの顔にしてあげるわ！」

クリスティーナがティーポットを握っていた手に力を込めたのが、見ているだけで分かる。

「本気ですか？　他家の夫人にそんなことをして、いくら公爵家の令嬢とはいえただでは済みませんよ？」

「大丈夫よ。これは正当防衛だもの」

「は？」

「お姉様が私に熱い紅茶をかけようとしたから、抵抗して揉み合っているうちにお姉様が紅茶を被ってしまったの。ね？　正当防衛だわ」

——こいつ、本気だ！

私は思わず立ち上がるとジリジリと後ずさる。きっとセバスチャンは扉のすぐ外で待機してくれているだろう。大声を出す？

いや、ティーポットを投げるなんて一瞬だ。絶対間に合わない。

クリスティーナがティーポットを私目掛けて投げ付けたのと、謎の光がクリスティーナと私の間に割り込んだのと、応接室の扉がバンッと勢い良く開かれたのは、全てがほぼ同時だった。

◆　◆　◆

「伯爵様、ハミルトン伯爵家の遣いだと名乗る者が訪ねてきております。至急お邸にお戻りいただきたいとのことですが……」

いつものサロンで学生時代からの友人達とそれぞれの研究の成果について語り合っていると、サロンのオーナーが慌てて私を呼びに来た。今までこんな風に邸に呼び戻されたことなどない。

あの女が何かやらかしたのか？　全く、あれほど余計なことはするなと言っておいたものを……と、舌打ちしながら帰り支度をする。

アナスタシアと婚姻を結んでひと月以上が経《た》った。余計なことをするでもなく、謙虚に勉強に勤しみ、使用人達とも打ち解けた様子を見せているアナスタシアのことを少しは認めてもいいかと思い始めていたのだが、かいかぶりだったのだろうか。

「大丈夫か？　ユージーン。大体お前、新婚だっていうのに奥方を放っておき過ぎなのではないか？」

「この結婚が色々と訳ありなのは私達も知ってはいるが、それと奥方本人を蔑ろにするのとはまた別問題だろう？」

婚姻前に酒を飲みながら下卑た会話をしていた悪友達と比べると、こちらの友人達は至って善良な意見を述べてくる。

昔、友人を選べとお祖父様に言われた時に、皆同じ学園の卒業生なのだから分け隔てなく友情を育むべきだ、と主張した己の若さを思い出し小さく息を吐き出した。

『ユージーン、視野を広く持て』

そう言っていたお祖父様の声も耳に蘇る。

――私には、何かが見えていないのだろうか？

私が急ぎ伯爵邸へ戻ると、邸の前でひどく狼狽《うろた》えた様子のマリーが顔を蒼くして立っていた。

「どうした、あの女が何かしでかしたのか？」

馬車から降りて駆け寄ると、マリーは顔を蒼くしたまま首を左右に激しく振った。

「奥様は何もしていません！　フェアファンビル公爵令嬢が先触れもなく突然いらっしゃったのです。慕っている姉を訪ねてきたとはおっしゃっていましたが、奥様のご様子からするとあまりそのようには見えなくて……」

フェアファンビル公爵令嬢が？

妹が姉を訪ねてくるというのはおかしな話ではないが、恐らくアナスタシアは公爵家であまり良い扱いを受けていなかったのではないかと思う。

駆け落ちなどして家名を汚した人間の娘なのだ、何よりも己の名誉を大切にする貴族にとって諸手を挙げて迎え入れられるような存在ではないだろう。

しかし、私の知るフェアファンビル公爵令嬢は淑女の鑑《かがみ》ともいえる美しくたおやかな令嬢だ。アナスタシアが公爵家で難しい立場にいたからこそ、彼女だけはそんな義姉に寄り添っていたという可能性もある。

そういえば他家からの茶会の招待に交ざって、フェアファンビル公爵家からもアナスタシアに会いたいやら茶会に来てほしいやら手紙が届いていると聞いた気がする。他家との交流はどう考えても時期尚早かと思い全て断るように指示していたが、そのせいで心配をさせてしまったのかもしれない。

――まぁ、実際に初夜では暴言を吐いてしまったしな。

正直、後ろめたい気持ちはある。

その後ろめたさも手伝って、せめて夕食は一緒にとるようにはしていたのだが……。

「先ほどまではセバスさんとミシェルさんがお側に付いていたのですが、フェアファンビル公爵令嬢が人払いを願われて、今は応接室にお二人だけなのです」

なるほど、その状態の部屋に入っていけるのは私だけかもしれない。

「分かった。とにかく様子を見にいこう」

マリーに上着を預けそのまま応接室へ向かうと、扉の前にセバスとミシェルが控えていた。

「マリーから話は聞いた。詳しく状況を説明してくれ」

「申し訳ございません。前触れもなく突然フェアファンビル公爵令嬢が訪ねてこられたのです。お約束もないことですし、とりあえず今日のところはお帰りいただくようお願いしたのですが、自分は奥様の妹なのだから自由に会えないのはおかしいと、何か会わせられないような事情があるのかと仰《おっしゃ》いまして。それで遣いの者をやり急ぎ坊ちゃまにお戻りいただいたのですが、その前に奥様がご自身で対応すると……」

——ふむ。

この話だけ聞くと、やはり姉の身を案じたフェアファンビル公爵令嬢が訪ねてきただけのように思うのだが、何故使用人達はこんなに心配をしているのだろうか？

確かに強引に他家に上がり込む行為は感心できないが、それだけ姉を心配していたのかもしれない。

もしや、あの女の公爵令嬢に対する態度が悪かったのか？

私に対してもあんな生意気な口をきくくらいだからな。十分あり得る。

「あの女が公爵令嬢に何か無礼でも？」

私がそう尋ねるとセバスとミシェル、後ろから追いかけてきていたマリーがギョッとした顔をする。

何だ？　私は何かおかしなことを言ったか？

「……坊ちゃま。セバスは坊ちゃまのその真っ直ぐなところは長所であると思っております。しかし、貴族社会では表面からでは分からないことも多くございます」

「？　当たり前だろう。今更何を言っておるのだ？」

「これから私めがすることは褒められたことではございません。しかしながら、それでも坊ちゃまにお見せしたいものがございます。ミシェルとマリーはこのままここで待機していなさい」

そう言うと、セバスは公爵令嬢がいるはずの第一応接室ではなく、その隣の小部屋へと入っていった。不思議に思いながらもその部屋へ付いて入ると、セバスは壁に掛かっている額を取り外しているところだった。

「こちらからは向こうの部屋の様子が見えますし声も聞こえますが、向こうからはこちらの様子は一切分からないようになっております」

セバスが額を取り外した壁はガラス窓のようになっていて、応接室の様子が見えた。

邸内にこんな仕掛けがあったことを知らない私は驚いてセバスに問う。

「一体いつから!?　誰が何のためにこんな物を作ったのだ？」

「もう何代も前の御当主様です。当時伯爵家は他国との貿易も多く、中には信用し難い取引もあったそうです。そこで交渉相手を見極めるためにこのような仕掛けを作ったそうですよ」

確かに貴族の邸には様々な仕掛けがあるものだが、まさか自分も知らないこんな仕掛けがあったとは。驚きながらも窓部分から隣の応接室を覗くと、何故かフェアファンビル公爵令嬢がティーポットを摑みアナスタシアににじり寄っているところだった。

優しい妹が姉にお代わりを勧めている、というわけではないよな。

「そんな風に表面だけ綺麗に着飾って男は騙せても、育ちの悪さは滲み出るのよ！　私がお似合いの顔にしてあげるわ！」

……嘘だろう。

とんでもない言葉が耳に入ってきた。余りの状況に理解が追い付かない私を置いて、応接室の状況は刻一刻と悪くなっていく。

「本気ですか？　他家の夫人にそんなことをして、いくら公爵家の令嬢とはいえただでは済みませんよ？」

「大丈夫よ。これは正当防衛だもの」

「は？」

「お姉様が私に熱い紅茶をかけようとしたから、抵抗して揉み合っているうちにお姉様が紅茶を被ってしまったの。ね？　正当防衛だわ」

――マズイ！

私は部屋から飛び出すと転がるように走り、その勢いのまま応接室の扉を開けた。

「きゃあぁぁぁ――――！」

ガシャアァン！

何故か部屋の中が眩《まぶ》しくて様子が見えない中、フェアファンビル公爵令嬢の悲鳴と陶器の割れる音が響く。

「アナスタシア！　無事か!?」

眩しかったのは一瞬だけで、直ぐに元に戻った室内。扉に背を向けて立つアナスタシアの姿を見つけ、私は駆け寄った。

「えっ？　あ、旦那様⁉」

アナスタシアの肩に手を置くとクルリと身体をこちらへ向かせ、頭のてっぺんから足の先まで目視で確認する。

良かった、紅茶を被った様子は一切ない。

見れば何故かティーポットはフェアファンビル公爵令嬢とアナスタシアの丁度真ん中辺りで割れて転がっていた。溢《こぼ》れて絨毯《じゅうたん》に染み込んだ紅茶からはまだ湯気が立っている。こんな物被ったら軽い火傷《やけど》では済まなかっただろう。

「怪我《けが》はないか？　紅茶はかからなかったか？」

改めてアナスタシアをよく見ると、普段とは違い美しくドレスを纏《まと》い、髪も結い上げていることに気付く。

普段より化粧も丁寧に施されていて、何というかこう……。

――こいつ、こんなに美人だったたか？

何だかアナスタシアの周りがキラキラと輝いているようにさえ感じる。

――美しくて、まるで光が舞っているように……って違うな。

あれ、これほんとに何か飛んでないか？

アナスタシアの周りを数個の光がふわふわと飛んでいるのだ。不審に思いその光を目で追いかけていると、それに気が付いたアナスタシアがギョッとした顔で私を見た。

「だ、旦那様？　何を見て……」

「ユージーン様っ！」

「「あ」」

ふと見れば、完全に無視されたかたちになったフェアファンビル公爵令嬢がプルプルと肩を震わせていた。

「これは失礼いたしました。フェアファンビル公爵令嬢。本日は当家にどういったご用事でしたか？」

笑顔で穏やかに挨拶をするが、先ほど隣の部屋からとんでもないものを見てしまった後だ。思わずアナスタシアを自分の背に隠してしまう。

「私、お姉様が心配だっただけなのです。でも、お姉様には私はお邪魔だったみたい……。ごめんなさい、お姉様」

そう言うと目にウルウルと涙を溜《た》める。

「きっと、私が何かお姉様の気に障ることを言ってしまったのね？　だからこんな……」

よよよっと泣き崩れるフェアファンビル公爵令嬢。

どうやらアナスタシアが自分に紅茶を投げ付けたことにしたいらしい。

——怖っ!!

目の前にいる儚《はかな》げで可憐な公爵令嬢が、先ほどまでアナスタシアを罵っていたあの令嬢と同一人物とは俄《にわか》に信じ難い。

「失礼いたします。ユージーン様、お部屋を変えられては如何《いかが》でしょうか？」

部屋の空気がどうにもし難い雰囲気になっていたところ、セバスが助け船を出してくれた。流石だ。

「あ、あぁそうだな。では別の部屋に案内しようか」

「いえ、旦那様。フェアファンビル公爵令嬢は丁度お帰りになるところだったのです」

アナスタシアがにっこりとそう言う。

フェアファンビル公爵令嬢は一瞬悔しそうにアナスタシアを見た気がしたが、ここで長居をしても自分に優位な展開にはなりそうにないと判断したのだろう。

「ええ、そうね。今日はこれで失礼いたしますわ」

と、ハンカチで目頭を押さえながら扉の方へ歩いていく。

途中私の横を通り過ぎる時、

「あっ」

と、こちらによろめいてきたのだが、思わず避《よ》けてしまった。

本来であれば支えて馬車までエスコートを申し出るのが紳士の行いなのだろうが、無理だ。とてもそんな気にはなれないいし、何なら怖い。

私のそんな空気を察したのか、デキる執事のセバスチャンが丁寧にフェアファンビル公爵令嬢を案内して部屋を出てくれた。ありがとう、セバス……。

セバスが扉を閉めた後で、ようやく私はほっと息を吐くことができた。

◆◆◆

やっとクリスティーナが帰ってくれたことに安堵《あんど》し、私は深い溜め息をつくと目の前のカモミールティーを一口飲んだ。

あぁー、心が浄化されるー。

クリスティーナが帰ってからしばらくした後、私と旦那様は人払いをしたサロンで向かい合わせに座っていた。

旦那様は帰宅したばかりだったし、私は私であんなことがあったばかりだったので、お互い準備が整ってから改めて話をしようということになったのだ。

「……フェアファンビル公爵令嬢のあの振る舞い。おまえ、公爵家ではいつもあんな扱いを受けていたのか？」

旦那様が言いにくそうに口を開く。

あんなのまだまだ可愛いもので、実際の公爵家での暮らしはもっととんでもないものでしたよ！　と、本当のことは流石に言えず、どうしたものかと考えている私の手元にチラチラと先ほどの精霊達が寄ってきた。

そう、さっきクリスティーナが投げた紅茶から私を守ってくれたのは、実はこの精霊達なのだ。

クリスティーナがこちら目掛けてティーポットを投げ付けてきた時はもう駄目かと思った。思わず手で顔を庇《かば》ったその瞬間、いつもより強い光を放ちながら飛び込んできたこの精霊達がティーポットを叩き落としたのだ。

素手で。

そう。素手でティーポットにチョップした。

もっと精霊的な何かの力で助けてくれるのを想像していたので、あの光景を思い出すと正直未《いま》だにジワジワと可笑《おか》しさが込み上げてくる。精霊達を見て思わずふふふ、と思い出し笑いをしそうになっていると、ふと旦那様が驚いた顔をしてこちらを見ているのに気付いた。とっさに寄ってきた精霊達を手で覆い隠す。

え、やっぱり旦那様にも見えているの？　嘘、なんで!?

今まで自分と両親以外に精霊の姿が見える人間に出会ったことがなかったので、うちの家族が特殊なのかと漠然と疑問を棚上げにしていたのだ。

それなのに、ここにきてまさか旦那様にも精霊が見えるとは……！

「その光はなんだ？　さっきも似た光が飛んでいたが、お前が何かしているのか？」

「……旦那様にも見えるのですね？」

「そりゃ見えるだろう。それだけ光っていれば嫌でも目に入る。新種の魔道具か何かか？」

いや、えーっと……精霊のことって話していいのかな？

小さい頃はお母さんに、

『他の人には見えないから話しちゃダメよ。変な子だと思われるから』

と言われて納得していたのだが、この場合はどうなのだろうか？

私も精霊について詳しいわけではないし、正直どう説明していいかも分からない。

どうしたらいい？　と当人達の意見を聞こうと手のひらの間から精霊達を覗き見るが、キョトンとした顔をして首を傾けているだけだ。

——よし、とりあえず誤魔化そう。

「えーっと、そうですね。はい、多分魔道具です！」

「多分って何だよ……」

「実は、私自身もよく分かっていないのです」

「…………」

「ほら、私は自分の素性すら知らずに暮らしていたぐらいですし。両親についても、自分についても、この件についても、正直分からないことだらけなのです」

これは、本当にそうなのだ。

もう分からないことだらけで、私の方が誰かに教えてほしいくらいだ。

「そういえば前から気にはなっていたのだが、お前いつも同じペンダントをしていないか？　もしやそれが魔道具なのか？」

「あ、コレですか？　よく気が付きましたね！」

今日は珍しくドレスなんか着ているから目立つが、普段できるだけ服の中に隠すように付けていたペンダントの存在に気付かれているとは思わなかった。

だってこの人、私のことなんて全然興味なさそうだし。

「これは確かに、御守《おまも》りだから絶対にいつも身に付けておくようにと言われていた魔道具のペンダントです。……でも、もう壊れているのです」

「そうなのか？　もう使えないということか？」

「そうですね、もう効果はないと思います。ほら、ペンダントの真ん中のこの部分に窪《くぼ》みがあるでしょう？　本当はここに魔石がはまっていたのです」

「魔石か……。どんな効果がある物だったのだ？」

「瞳と……髪の色を変える効果です」

旦那様はハッと気付いた顔をした。

そう、今の私のこの金色の髪は、王家か筆頭公爵家の血を引いた人間である証。こんな姿で平民として暮らせるわけがない。

「物心付いた頃には、このペンダントを付けていました。その頃は瞳も髪も茶色くて、普通にそれが自分の色なのだと思っていたのです」

かつての私は自分の本当の髪色さえ知らずに平民街の、しかも下町と呼ばれる区域で両親と三人で暮らしていた。もちろん富裕層の人達に比べれば慎《つつ》ましい生活だったけど、衣食住に困ることもなく勉強も好きなだけさせてもらえる、十分恵まれた環境だったと思う。

そして、物心付く頃には既に自分が少し周りとは違うことにも気が付いていた。

正確には私が、というより、両親がだけれど。

父も大概だったが、母はまぁ浮世離れしていたのだ。

世間知らずというか、天然というか、何だか箱入りのお嬢様のような母は、だからといって下町で浮いて迫害されるようなこともなく、不思議と周りに馴染《なじ》み、愛されることができる稀有《けう》な存在だった。

天性の人たらしとは母のような人のことをいうのだろう。

だから正直、父から自分の出自について明かされたときは本当に驚いた。

あれは私が中等学舎の卒業を控え、その後の進路について考えていた頃。

高等学舎に進学するのか、当時住んでいた町で仕事に就くのか、はたまた相手を探して結婚するのか……。悩む私を見た父は、きっといつか知ることになるからと、自分が公爵家の出であることを教えてくれたのだ。

あの二人が実は貴族の出であるのは、私の中では想定の範囲内だった。

しかしまさか公爵家がでてくるとは想像以上に大物だったし、それ以上に驚いたのは公爵家の血筋が父の方だったことだ。私はてっきり、高位貴族の母とそこまでの地位ではない父が駆け落ちでもしたのだと思っていた。

初めて真実を聞いた時は、『えっ！　そっち⁉』と叫んでしまったくらいである。

それほど、私にとって母は何かが特別だった。精霊達と歌を歌いながらひと針ひと針祝福を込めて刺繡を刺していた母の姿はあまりに神秘的で、公爵家の令嬢どころか実はどこかの国の王女だったといわれても信じただろう。

そんな母が下位貴族の令嬢で、父こそが公爵家の令息だったのだ。

世の中分からないものである。

「フェアファンビル公爵家の人間が私を探しに来た時、嫌がる私から無理矢理ペンダントを奪って魔石を叩き割ったのです」

「なっ⁉」

「ペンダントを外しただけでは、暫くは髪の色も瞳の色も元には戻らないのです。二、三日待ってくれればいいだけだったのですけどね。時間がもったいないからって、いきなりバキッと。大元の魔石を壊せば魔力が直ぐに途絶えてあっという間に元に戻りますから」

「そういうものなのか？　それにしたって随分乱暴だな」

「父も母も行方知れずになっていて……まぁ、周りからは『馬車の事故で死んだ』っていわれているのですけど。とにかく、小娘一人どうとでもなると思われていたのでしょうね。最初から最後まで丁寧に扱われたことなんてないですよ」

思わず自嘲気味に笑ってしまう。

「……話し過ぎました。すみません、分からないことだらけで気味の悪い妻かもしれませんが、伯爵家に害意はないので大目に見てやってください。お仕事はバッチリこなしますよ！」

思いの外自分のことを話してしまった私は、慌てて話題を変えようと少しおどけてみたのだが、旦那様は静かに何かを考えていた。

私は、自分自身のことについて他人にあまり話さない。

生い立ちがあまりに特殊なこともあるが、行方知れずの両親のことを思うと誰を信用していいのか分からないのだ。

今までも私に手を差し伸べようとしてくれた人はいたが、私にはその手をとることはできなかった。旦那様のことも伯爵家の人達も悪い人には思えないが、残念ながらまだ信用することはできない。

「いや、……私こそお前のことを何も知ろうとしていなかったらしい」

神妙な様子でそう語る旦那様に少し面食らう。

「初夜のことも、その、申し訳ないことを言ったと思っている。もっと早くに謝れば良かったのだが、言い出しにくくてな……その、すまなかった」

気まずげにゴニョゴニョ言っている声はどんどん小さくなって聞き取りにくかったけれど、耳を赤くした旦那様は私に向かってペコリと頭を下げた。

高位貴族様が！　元平民に！　頭を下げた……⁉

余りに予想外の展開に、私の方が呆然《ぼうぜん》としてしまう。こんな貴族いるの？

「ちょっと……驚きました」

「何がだ？」

「まさかそんな、貴族の方が頭を下げるなんて思いもしなかったもので……」

「貴族だって、悪いと思えばきちんと謝るぞ？」

「そうなのですか？　私の知っている貴族の謝る姿が、あまりにも想像できなくて。もしかすると、私が今まで会ってきた貴族も極端な部類だったのかもしれませんね」

「お、おぉ……そうかもしれないな」

さっきサロンに来る前にセバスチャンから聞いたのだが、旦那様は応接室の隣室の仕掛けを使ってこちらの様子を見てしまったらしい。

つまり、社交界の華と謳《うた》われ優しく可憐だと信じていたクリスティーナのあんないやらしい顔を目撃し、罵倒を聞いてしまったわけだ。……心中お察しする。

「旦那様」

「ん、何だ？」

「私をしばらく、地方の領地へ置いてくださいませんか？」

「急に何故だ？　まさか、王都で何か嫌な目にでもあわされているのか⁉」

「いいえ、私はほとんど邸の外に出ることはございませんし、邸の者達はみんな良くしてくれています。……クリスティーナのことです」

クリスティーナがあれで引き下がるとは思えない。私がここにいる以上、きっとまた押しかけてくるだろう。他家からのお茶会の誘いを断り続けるのにもそのうち無理がくるだろうし、私自身も伯爵領には行ってみたいと思っていた。ある意味これは丁度良いタイミングだと思う。

「私がここにいれば、必ずクリスティーナはまた来ます。それに、クリスティーナは……旦那様を狙ってくると思うのです」

「私の命を⁉　何故だ⁉」

「いや、命じゃなくて……その、誘惑して惚れさせてやろうとかそんな感じです」

「何で今更……私との縁談をお前に押し付けたのは向こうだろう？　私はもはや既婚者だぞ？」

「だからこそですよ。クリスティーナは私のものを奪い取るのが大好きなのです」

理解できないといった様子で絶句する旦那様。

貴族社会の真《ま》っ只中《ただなか》で、よくこんな純粋培養できたものだなと感心する。

「旦那様、私は別に追い出されて領地に行くわけではないのですよ？　元々、伯爵領には行ってみたいと思っていたのです」

私が笑顔でそう言えば、旦那様はジッと私を見つめた後、不承不承頷いてくれた。

「……そうか、分かった。確かに伯爵領はいい所だからな。マーカスには連絡を入れておくから、一度ゆっくりと過ごしてみるといい」

「ありがとうございます！　旦那様」

「ああ、流石に今日は疲れただろう。部屋に戻ってゆっくり休め」

旦那様にそう促され、私はお礼を述べてサロンから出ていこうとしたのだが、一つ言い忘れたことがあるのを思い出してクルリと後ろを振り返った。

「先ほど、旦那様は私のことを何も知ろうとしていなかったとおっしゃっていましたけれど、ちゃんと名前は覚えてくださっていたのですね」

「何？」

「いつも、君とかお前とか呼ばれているので、名前も覚えられていないのかと思っていました。さっき、初めて呼んでくださいましたよね。『アナスタシア』って」

「…………」

「ちょっと、嬉しかったです。背中に庇ってもらえて」

公爵家で暮らした二年の間、彼ら以外の貴族と関わる機会が全くなかったかといえば、実はそうでもない。私が客人の前に姿を見せることはほぼなかったけれど、何かの用事で公爵家を訪れた他家の令息が私を気にかけてくれることが稀にはあったのだ。

しかし、そんな令息達はまんまとクリスティーナに丸め込まれて、次に来た時は私を虫ケラか何かのように見てくるのがお決まりのパターンと化していた。

本性を見てしまった後とはいえ、私とクリスティーナが並んでいる状態で私の方を庇おうとしてくれたのは、旦那様が初めてだ。照れたようにそっぽを向く旦那様の耳が赤くなっているのに気付き、思わずクスリと笑みが溢れる。

「ありがとうございました。……おやすみなさい」

◇

翌日。私はコック長のハリスに頼んで、日持ちするタイプのクッキーを焼かせてもらっていた。表向きは領地へ向かう馬車の中で食べたいからということにしているが、実は精霊達へのお礼の品である。

「これは驚いた！　奥様は料理にお詳しいとは思っておりましたが、ご自身でもお料理をなさるのですね。手慣れたものですな！」

「やっぱり貴族の夫人としてはあまり褒められたものではないのかしら？　母に習ったから一通り料理はできるのだけど、特にお菓子作りは大好きなのよ。できればこれからも時々作らせてもらえると嬉しいのだけど……」

私が慣れた手つきでバターを混ぜていると、ハリスが興味深そうに覗《のぞ》き込んできた。

「いやいや、私としては嬉しいですよ！　ここの厨房《ちゅうぼう》は料理を楽しいと感じてくれる人間は大歓迎です。ここだけの話、先々代の伯爵夫人……ユージーン様のお祖母様も料理が好きな方でね。よくユージーン様のお母様やユージーン様のためにお菓子を焼いておられましたよ」

意外なところで旦那様のお祖母様の話が聞けた。

私が伯爵家で暮らすようになってひと月ちょっと。先代の伯爵の話はほとんど聞かないのに、先々代の話はよく聞くことに気が付いた。旦那様のお祖父様とお祖母様は使用人達によほど慕われていたのだろう。

沢山焼いたクッキーを二個の缶に分けて詰め、それとは別にお皿にとっておいた分にはたっぷりとジャムを乗せる。そのクッキーを持って部屋に戻れば、待ってました！といわんばかりに精霊達が飛んできた。

「みんな、昨日は助けてくれてありがとう！　これはお礼のクッキーよ。さあ召し上がれ」

私がテーブルの上にジャムクッキーを置くと、精霊達はクッキーを手に嬉しそうにクルクル回る。にこにこと口いっぱいに頬張ってクッキーを食べている精霊達を見ていると、何だかこちらまで嬉しくなってきた。私もクッキーを一枚、そっと手に取ると口に運ぶ。

『クッキーを美味しくするコツはね、ぐるぐる混ぜないことと、焼く前によく冷やすことなのよ』

お母さんの優しい声が耳に蘇ってくる。

「……お母さんに、会いたいな」

上手にサクサクに焼けたクッキーは、ほんのりとした甘さで優しい味だ。でも、ちょっとだけしょっぱい。私は慌てて顔を上に向けるとクッキーを飲み込んだ。

涙は女の最終兵器なのだ。そう簡単には見せないぞ！

「あのね、みんな。私は明日からしばらく伯爵家の領地に行くことになったの。しばらくこの邸にはいないけど、心配しないでね」

サクサクサクサクと小動物のように夢中でクッキーを頬張っていた精霊達が、私の声に反応して顔を上げる。

〝ついてく！　ついてく！〟

鈴を鳴らすような可愛い声が聞こえてきた。

〝アナ好き！　ついてく！〟

〝クッキーも好き！〟

〝はくしゃくのお花も好き！〟

突然聞こえた声に驚いて、精霊達に話しかける。

「え！　みんな喋れるの？」

〝力足りない、人間にことば通じない〟

〝アナのクッキー、力いっぱい！〟

〝食べるとげんき！　森といっしょ〟

〝お花や木もげんきくれる〟

〝げんき、げんき！〟

うーん、精霊達の説明だけではよく分からないけれど、クッキーを食べて元気になったから話せるようになったたってことだよね。

そういえば、子どもの頃仲良しだった精霊達も他の人の作ったクッキーではなくお母さんのクッキーが大好きだった。

手作りの料理にはその人の魔力が宿る、なんて迷信を聞いたことがあるけれど、精霊達はそういったものを敏感に感じ取ることができるのだろうか。

もしそうだとするならば、人間の魔力は精霊の力になる……？

昔住んでいた田舎町の精霊達はもっとお喋りだったから、この子達も力が戻ればもっと色々話せるようになるのかもしれない。

そうなったら、この子達に精霊について色々聞いたりできるかも！

私がそんなことを考えていると、コンコンと扉を叩くノックの音がした。

「奥様？　領地に向かう準備を整えるようにと仰せつかってまいりました」

ミシェルだ。精霊達はクッキーを沢山食べて満足したようで、

〝じゃーねー！〟

〝こんどはりょうちで遊ぼうね！〟

〝クッキーありがとうー〟

と口々に言いながら、キャッキャと消えていく。

「あまりに急で驚きましたわ。通常旅のお支度を整えるには一ヶ月、短くても数週間はかかるものですのよ？」

それを、たった一日でなんて……と、ミシェルは少し呆《あき》れたように言いながら、それでも恐るべき手際で必要な荷物をまとめていってくれた。

ちなみにマリーは領地に付いてくることになったので、今は大慌てで自分の荷物を詰めている。マリーにしたってたったの一日で旅支度を整えるなんて初めての経験だろう。ごめんね、と思いはするのだが、仮に出発の準備に一ヶ月もかけていたら……。

——それまでの間に、確実にアイツ《クリスティーナ》はやってくる。

「奥様は元々お持ちの荷物が少ないので何とか準備も間に合いますが、まさかハミルトン伯爵家の夫人がこんな軽装で領地へ行くなんて、貴族社会では誰も想像すらしないと思いますわ」

ミシェルの言っていることは正論だ。

しかしまぁ、新婚の夫人が単独で領地へ向かうのはあまり外聞の良いことではないだろう。バレずにこそっと行けるならそれに越したことはないので、この場合は軽装も却《かえ》って良いカモフラージュになるのではなかろうか。

私が曖昧な笑顔で困っていると、ミシェルがフッと苦笑を漏らした。

「とはいえ、あのご様子ですとフェアファンビル公爵令嬢はまたすぐにでもお越しになられそうでしたものね」

「ミシェルにも心配かけたわね」

「とんでもございません。少し驚きはしましたが、坊ちゃまにとっていい社会勉強になったと思いますよ」

ミシェルがそんなことを言うなんて少し意外で、思わず顔を見上げてしまう。

……そして、ミシェルも坊ちゃま呼びなのね。

どうやら古株の使用人達からすると旦那様は《立派な御当主様》というより、未だに《大事な坊ちゃま》らしい。使用人達の意識を変えるためにも、やはり旦那様にはもう少ししっかりしてもらわないといけなさそうだ。

「奥様、領地に行かれましたら、しっかりお買い物も楽しまれてくださいね」

トランクに私の身の回りの物を詰め終わったミシェルがそう言った。

急にどうしたのだろう。私の持ち物の少なさに同情心でも湧いたとか？

確かに公爵家から持たされた嫁入り道具のような物は何もないが、伯爵家で身の回りの物を用意してくれていたので、困ったことなど一度もない。

強いて言えば、伯爵家で用意されている物が高価過ぎてコワイのが困りごとなくらいだ。実は汚したり壊したりしたらどうしようと、内心では未だに少しドキドキしている。

「今ある物で、十分過ぎるほどよ？」

そう言って、今着ている普段使いのワンピースの裾を広げてみせる。

このワンピースも、その品質を考えるときっと恐ろしいお値段がするに違いない。

怖い物見たさで聞いてみたい気もするけど、聞いたら絶対気軽にクッキーなんて焼けなくなるだろう。一応厨房に入る時にマリーがこれまた可愛いエプロンを付けてくれたけど、あのエプロンも絶対お高いと思う。

服を汚さないためのエプロンを汚さないためのエプロンとか欲しかった。

「奥様が贅沢《ぜいたく》を好まれない方だということはこのひと月でよく分かりましたが、伯爵夫人としては品位を保つことも大切なお役目なのですよ？」

そう言って私を見るミシェルの目は、最初の頃より随分優しくなった気がする。

「伯爵領にある商店は、王都に比べ流行の点でこそ劣るかもしれませんが、その品質は確かです。しっかりとお金を落として経済を回し、領主夫人が自分達の商品を愛用している、という誇りを領民達にお与えくださいませ」

ミシェルに言われてハッとする。なるほど、確かにその通りだ。

自分に学が足りていると思っていたわけではないが、少し勉学が得意だったからといって驕《おご》りがあったかもしれない。特に貴族としての気構え的な部分は、私に圧倒的に足りていないものだろう。旦那様が頼りないとか人のことを気にしている場合ではなかった。私の方こそ、もっとしっかりしないと。

「そうね、分かったわ、ミシェル。……ありがとう」

私がそう言うと、ミシェルは私を見てにっこりと微笑んでくれた。

いつも貴族女性の模範のような笑顔を浮かべているミシェルの、心からの笑顔を見たのはこれが初めてだった。


そして翌朝。

新婚の夫人が単独で領地に向かうのだ。あまり大々的に出掛けるものでもないだろうと思い、私達は朝早いうちから少人数でコソッと邸から出発した。

旦那様もまだ寝ているようだったので起こさなかった。領地へ行く許可はとっているし、置き手紙にお土産まで用意したのだ。

私達はビジネスライクな夫婦なので問題はないだろう。

「それでは行ってきますね！　旦那様」

第二章　アナスタシア、領地へ行く

——そうして始まった旅路が半分ほどに差し掛かった頃。

初めのうちは魔道馬車の性能の良さや窓から見える風景に夢中だった私も、流石に段々飽きてきた。

ハミルトン伯爵領へは王都から馬車で最短でも一週間はかかるのだが、伯爵家の所有する最新鋭の魔道馬車なら約半分の四日ほどで領地に着くらしい。馬の負担も減るそうなので、そのお値段を除けばいいことずくめだが、とはいえ四日間の旅は長い。

馬で飛ばせば二日で着きそうなのになぁ。お貴族様の移動は面倒くさいや。

自慢じゃないが私は乗馬が大得意で、早駆けなら男の子達にだって負けたことがないのだ。自由に駆け回っていた平民時代が懐かしい。

高性能な馬車のお陰で乗り物酔いもしないしお尻も痛くならないのだが、流石に本を読むにはきつい。

私は窓の外を眺めながら、そっと前の席に座るマリーとダリアを盗み見た。

旦那様からの許可を得て伯爵領へ行くことが決まり、何人かの侍女と護衛が私と共に伯爵領へ向かうこととなった時のこと。当然のようにマリーは付いていくと言ったのだが、ダリアが立候補してきたのは正直意外だった。

侍女としてはしっかり務めてくれているダリアだが、個人的に打ち解けているかといえばそうでもなく。裕福な子爵家の令嬢として育ったダリアからすれば、正直私に仕える今の状況が不本意だったとしても無理はないと思っていたのだ。

王都住まいで社交界デビューも済ませているダリアは、私が平民育ちの公爵家の養女だということも当然最初から知っているだろうし。

ちなみに、領地が大分田舎にある男爵家の四女であるマリーは貴族のゴシップにも疎いらしく、私が平民育ちであることも知らなかったそうだ。

仲良くなった頃に話のついでに打ち明けたが、

『そんなこと全然気にしません。むしろたった数年でこんなに完璧に貴族のマナーを修得されるなんて尊敬です！』

と言い、それからも態度を変えることなく私に仕えてくれている。

……マリー……めっちゃいい子……。

「どうかされましたか？　奥様」

ぼんやりとマリーとダリアを眺めていたのに気付かれて、ダリアにそう問われる。

「あ、じっと見ちゃってごめんね。……その、正直言うと、何でダリアは付いてきてくれたのかなって考えていたの」

「私が奥様にお供することが意外でしたか？」

ダリアは少しキョトンとした顔で小首を傾《かし》げる。王都の伯爵邸にいる時より、旅の気安さが手伝ってか少し貴族バリアが薄い気がする。

この機会に私は少しダリアとの距離を詰めてみることにした。

「うーん……実は少し意外だったかな。ダリアは社交界デビューもしている立派なご令嬢で、侍女といっても行儀見習いで来ていると聞いたから。まさか領地にまで付いてきてくれるとは思わなかったの」

「なるほど、そういうことでしたか。行儀見習いといっても、もう伯爵家に来て三年になります。マリーはまだまだ心配ですし、ミシェルさんには王都の伯爵邸でのお仕事がありますから、残った三人のうち一番経験のある自分が奥様に付いていくのが良いのではないかと考えたのです」

なるほど、それは納得のいく考え方だ。ダリアは今年二十歳になったはずだから、十七歳から伯爵家に勤めていたということか。貴族令嬢の二十歳というと結婚適齢期ギリギリだったりもするのだが、その辺どうなのだろう？

気にはなるけど、流石にそれを聞くのは一気に距離を縮め過ぎだよね。他に無難な話題は……。

「ダリアさんは、結婚とかしないのですか？」

――おう、マリー!!　無邪気な笑顔で豪速球をぶちかましましたね!?

天然コワイ!!

にこにこと悪気なく返事を待っているマリーの隣でダリアは、

「結婚ねぇ……」

と小さく呟き溜め息をついた。その様子を見て、私はマーカスと初めて会った時のことを思い出す。そういえばあの時、ダリアがマーカスのことすっごい見ていたよね。え、やっぱり二人は訳アリですかね!?　歳《とし》の差があり過ぎな気もするけれど、突如降って湧いた恋バナに、平民時代の血が騒ぐ。

「その……ご両親は縁談について何か言ってきたりしないの？」

「ハミルトン伯爵家で行儀見習いをさせていただくことになった頃には五月蠅《うるさ》く言ってきましたが、今はもう諦めているみたいです。私は次女ですし、後継の兄には子どもが三人いますから、子爵家的には安泰なのです」

「わぁ！　甥《おい》っ子さんですか？　姪《めい》っ子さんですか？」

「甥が二人に姪が一人よ」

「可愛いですよね！　私にも田舎の領地に甥や姪が沢山いるのですけど、休みに帰省すると王都のお土産争奪戦が始まって、それはそれは大変なことになるのですよー」

下町で近所の子達にお母さんお手製クッキーを配ったら争奪戦が始まった時のことを思い出す。お貴族様でも子どもは子ども。やっぱり同じ人間なんだなぁ。

「じゃあじゃあ、好きな人とかはいないのですか⁉」

――うおう！　めっちゃグイグイいくね⁉　マリー！

「いるわよ」

――いるんかーーい！

「ええー！　誰ですか？　邸の人ですか⁉」

私が初めて目の当たりにする貴族の女子トークにドギマギしている間も、二人はキャッキャと話を続けている。

丁度馬車の旅にも飽きた頃。年頃の女の子が三人こんな狭い空間で暇を持て余していればお喋りに花が咲くのは当然の流れだ。

今までは私に遠慮していたのかもしれないな、気が利かない女主人でごめんね。

そうこうしているうちに馬車が伯爵領に入ると、私も窓の外の様子に俄然《がぜん》興味が湧いてきた。道は舗装されているか、作物の実り具合はどうか、関所やすれ違う商人達の様子はどうかなど、思わず窓から身を乗り出して見入ってしまう。

「わわっ奥様、危ないですよ。きちんと座ってください」

「ねぇっ！　あれ！　小麦よね？」

私の視線の先には一面の小麦畑が広がっている。黄金色に輝くその風景は息を呑《の》むほど綺麗だった。

「そうですね、この辺りは伯爵領でも小麦の産地として有名な地域です」

「そうなのね。邸で出てくるパンは、伯爵領でとれる小麦を使っているのでしょう？　小麦の味がしっかりしていてとても美味しいから興味があったの！」

私がそう言えばマリーも、ウンウンと頷きながら続ける。

「分かります！　すっごく美味しいですよね。初めて食べた時はおかわりが止まりませんでした！」

お陰でちょっと太っちゃいましたよー、と口を尖《とが》らせて話すマリーに、ダリアと二人顔を見合わせて笑う。この旅を通して、マリーとはますます仲良く、そしてダリアとはすっかり打ち解けることができたと思う。

「うちの領地に、ちょっと変わったモチモチしたパンの郷土料理があるのですけど、伯爵領の小麦であのパンを焼いたら絶品だと思うのです！」

「何それ美味しそう！　食べてみたいわ！」

「ふふ、領地のお邸のコックも腕がいいですよ？　マリーがレシピを知っているなら作ってもらいましょう？」

「「やったー！」」

マリーと二人キャッキャとはしゃぐ。貴族社会に連れてこられてから一人も友達のいなかった私にとって、この時間は本当に楽しいものだった。

退屈だった馬車での旅は、終わりがこなければいいのにと思うほど楽しい旅へと変わり、気が付けば私は領地の伯爵邸へ到着したのだった。

◇

「これはこれは奥様、長旅お疲れでございましょう。ようこそいらっしゃいました」

領地の伯爵邸に到着すると、先触れがあったのかマーカスが既に玄関の前で出迎えてくれている。

「お久しぶりね、マーカス。出迎えありがとう。突然で申し訳ないけれど暫くの間お世話になるわ」

自分の中から慌ててまた奥様モードを引っ張り出して優雅に微笑む。

いかんいかん。馬車での気兼ねない女子トークが楽し過ぎて、気持ちが平民時代に戻っていた。気を引き締めなければ。

「とんでもございません。どうぞごゆっくりお過ごしください」

私とマーカスが話をしている間に、御者から荷物を受け取ったマリーとダリアが私の後ろへと並んだ。二人ともしっかりとしたプロの侍女の顔に戻っている。流石だ。

「それでは、早速邸の中へご案内いたしますね」

マーカスがこちらにクルリと背を向けて歩きだすと、その背中にダリアの視線が鋭く突き刺さっていることに気が付いた。

やはりこれは、偶然とか勘違いではないだろう。

案内された当主夫人用の部屋は、中身庶民な私としては身の置き場に困るほどの豪華さだった。とりあえずソファーの端っこに座って身体を休めていると、マリーが、

「奥様のお疲れを癒《いや》すために、美味しいカモミールティーを淹れてまいります！」

と言って、張り切って部屋を出ていった。

ダリアはこれまた持ってきたドレスをテキパキとクローゼットに仕舞っているし、二人とも実に良くできた侍女である。テキパキ動くダリアをぼんやり眺めていた私だが、やはりさっきのマーカスとダリアの様子がどうにも気にかかって仕方ない。

「ねぇダリア。少しいいかしら？」

「はい。何でしょうか奥様？」

既にドレスを仕舞い終えて、アクセサリーの整理に取り掛かっていたダリアが手を止めて私の方を見る。

「あのね、私の気のせいだったら申し訳ないのだけど……もしかしてダリアとマーカスは、仕事上だけでなく個人的にお知り合いだったりするのかしら？」

思い切って聞いてみると、ダリアは少し驚いた顔をして答える。

「マーカスさんと、ですか？　もしかしてどなたかから何か聞いて……」

「あ！　そういうのではないの。王都でマーカスを紹介された時と、さっき案内された時。ダリアのマーカスを見る目がちょっと他とは違う気がして」

「そうだったのですか。そんなに分かりやすく顔に出しているようでは、貴族として未熟ですね」

気を付けます、と頭を下げるダリアに慌ててフォローをする。私が人の顔色を窺い過ぎるだけで、決してダリアが顔に出るタイプなわけではないのだ。

ちなみにマリーはすぐ顔に出るけどね。そんなマリーが好きだけどね。

「でも、そう言うということは、本当にマーカスとは何か仕事以上の繋がりがあるのかしら？」

私がドキドキしながらそう尋ねると、ダリアは少し迷ってから観念したかのように話し始めた。

「そうですね……少し長い話になるかと思いますが、よろしいですか？」

私はコクコクと頷くと、ダリアにもソファーに座るように促す。

「変な感じにお耳に入ってしまうと困るので先にお伝えしておくのですが、実は、私が伯爵家に行儀見習いに来たのは、父が私と伯爵様とのご縁を望んだからなのです」

「ええ!?　そうだったの？」

それでは余計私のことを快く思わなかったのでは……。

「あ、誤解なさらないでくださいね！　私本人にはそのような気持ちまったくございませんでしたから。伯爵様に懸想したことは、一度たりともございません！」

「あ、ううん、その辺は気にしなくていいの。私もそういうのではないから。あくまで政略結婚だし、恋愛的な意味での興味は一ミリもないわ！」

「……お二人共、伯爵様が聞いたら涙目ですよ……」

いつの間にか、カモミールティーを持ったマリーが残念なものを見る目をして立っている。私はマリーにも、「座って座って」と目で促し、ダリアの話の続きを聞いた。

「うちは子爵家ですが商会も持っていて、領地からの税金よりも商会からの収入が多いくらい、商人っ気のある家系なのです。ハミルトン伯爵家とも商売上の繋がりが強く、特に家令のマーカスさんとは深いお付き合いをさせていただいていました。それで、父が私を行儀見習いとして伯爵家に入れられないかとマーカスさんに打診したのです」

マリーが淹れてくれたカモミールティーを飲みながら、ウンウンと頷き先を促す。

「ですが、先ほども申し上げたように私には伯爵様への恋愛感情もありませんでしたし、伯爵様もあまりそういったことにご興味がなさそうでした。父にはもっとグイグイいけと散々けしかけられて困ってしまって……」

ダリアはその頃のことを思い出したのか、ほうっと溜め息をつく。

「伯爵様は本当にお美しくて素敵な方だとは思いますが、何というかこう……私的には足りないのです」

あー分かる気がする。足りないよね、頼り甲斐《がい》とか。と思ってウンウン頷いている

と、マリーには不満だったらしく、

「えー、何がですか？　伯爵様、かっこいいと思うけどなぁ」

と首を傾げている。

「お歳とか……お肉とか……」

うんうん……って、んん？

「こう……年月を経ることで深みを増す趣といいますか……」

語っているうちにダリアの瞳が潤み、なんだかウットリとしてきたような……。

「酸いも甘いも嚙み分けた経験からくる余裕……哀愁の漂う背中……ギラギラした若造とは違う、しっとりとした色気……そういった渋味成分が圧倒的に足りないのです！」

これは……まさか……。

「ダリアさん……枯れ専？」

マリィイーー!!

私には到底言えないことをサラリと言ってのけるよ、この子は!?

「どうしていいか分からず、途方に暮れている時に手を差し伸べてくれたのがマーカスさんだったのです！」

あ、良かった、聞こえてないわ。

ダリアはマリーの失言（?）も聞こえないほど熱弁している。

「そうこうしているうちに伯爵様が婚約されることになり、流石に父も諦めてくれました。ですから、奥様には感謝しているくらいなのです。それならば子爵家へ戻ってこいと言われはしたのですが、伯爵家でのお仕事は楽しいしお給金も良いしで辞めたくなくて。で、そのまま粘って働き続けているというわけです」

「なるほど……ということはつまり、マーカスとの関係は……」

「狙っています」

「そんな堂々と!?」

「今回の領地滞在に勝負をかけています」

「正直が過ぎる！」

私は驚きのあまり仰《の》け反《ぞ》り、マリーはキャーキャーと騒ぐ。当事者のはずのダリアが何故か一番落ち着いていた。やはり覚悟を決めた女は違う。

そんなこんなで、初めての領地での夜は更けていく。夕食前に紹介された使用人達もみんな感じの良さそうな人達だったし、領地での日々は楽しいものになりそうだな、と思いながら私は窓の外を眺めていた。

マリーは早速、料理長のベーカーに馬車で話した男爵領の郷土料理であるモチモチパンの説明をしていた。ベーカーも、「そいつは美味しそうだ！」とノリノリだったので、早いうちに実際食べることができそうだ。

「ふふっ、楽しみだなー」

窓を開けると王都と違い、緑と風の匂いがするのが心地よい。

空にも王都より遥かに多い、沢山の星が輝いている。

沢山の星……が………。

〝アナーーーー!!〟

違う！　これ精霊達だ！

視界を覆うほどの大量の精霊達がドドドッと窓から部屋の中へと雪崩込んできた。

「ええぇー!?」

〝○▼※△☆▲※◎★●！　○×※□◇＃△！〟

「ちょっと待って！　一度に喋らないでー！」

こんなに沢山の精霊を一度に見たのは初めてだ。私が突然のことに目を白黒させていると、精霊達はキャッキャとはしゃぎながらいい笑顔で一斉にこう言った。

〃〃〃クッキー!!〃〃〃

こうして私は次の日、朝からマリーのレシピと奮闘しているベーカーの隣で大量のクッキーを焼くことになるのであった。

◇

「奥様ー！　試作品ができましたよー！」

マリーがそう言いながらバスケット片手に走ってくる。

伯爵領到着の翌日、朝から大量のクッキーを焼いた私はそれを持って庭園の東屋《あずまや》でお茶をしていた。

あまりにも大量の精霊達が部屋に押し寄せてくるので、

・遊びに来る時は一度に来ないこと
・他の人がいる時に話しかけても、返事はできないこと
・人間がいる前でクッキーを食べないこと（いきなりクッキーが消えるという怪奇現象が起きるため）

など、いくつかの約束事を決めてクッキーをあげていたのだ。

ちなみにみんなには見えていないだけで、今もかなりの数の精霊達がこの辺りを飛び回っている。みんなにも精霊が見えれば《精霊の里》とかいって伯爵領を観光地化できるのに、非常に残念だ。

「まぁ、もうできたの？　まさか到着した次の日にこのパンが食べられるとは思わなかったわ。初めて聞く料理をすぐに再現してみせるなんて、ここの料理長は優秀ね！」

「ベーカーは、まだまだ改良の余地がありそうだって言っていましたけどね。私は味見も兼ねて焼き立てを一つお先に頂いてしまったのですが、とっても美味しかったですよ！」

「ふふふ、楽しみね」

マリーがテーブルの上を整え、バスケットから取り出したまだ温かいパンをお皿の上に載せてくれる。ひと口分を千切って口の中に入れると、小麦の香りがふんわりと口の中に広がり、後からくるモチモチした食感とのバランスが凄く良い。

「美味しいわ！」

私が思わず声を上げると、マリーはほっと胸を撫で下ろしていた。

「お口に合って良かったです。もっとモチモチにしたければ、男爵領では《キャバ芋》という芋を生地に混ぜているのです。ベーカーが、この領地でとれる物で代用できないか色々試してみるって言っていました」

なるほど、そのキャバ芋の代わりも伯爵領で生産される物で見つかれば、言うことナシだ。

「もう少し甘くしてドーナツみたいに揚げても美味しいのではないか、とも言っていました！」

「天才か！」

それ絶対美味しいやつ！

ベーカーは、比較的高齢な使用人が多いこの邸では珍しく、まだ年若い料理人だ。父親もここで長年料理長を務めていて最近代替わりをしたらしいのだが、先が楽しみ過ぎる逸材である。

それから数日間は、マーカスに頼んで街へ出掛けたり、畑や鉱山の近くまで視察に出掛けたりと忙しく過ごした。視察といっても警備の関係上馬車から外を覗く程度だったのだが、どこへ行っても領民達は概《おおむ》ね歓迎してくれた。

伯爵領は潤沢な資金があるだけあって、どこも綺麗で発展している。道は綺麗に整備されているし、街灯や兵士の詰め所も適当な数が設置されているため治安も良さそうだ。学校もちゃんとあるし、医者の数も足りている。

……ただ、気になる点もいくつかあった。一番ひっかかるのは、領民達に活気がないように感じることだ。

「ねぇ、ダリア。これだけ豊かな領地なのに、領民達に元気が足りないと思わない？」

今日はダリアが私の付き添いを務めてくれている。

「そうですか？　私には活気ある街に見えますが」

確かに豊かに暮らしている分、領民達の表情は明るい。しかし、綺麗で豊かな街に活気のない領民というアンバランスさが私には気になった。

下町で暮らしたことのある私だからこそ分かるのかもしれないが、平民の街には毎日懸命に生きているからこその活気というか、生命力のようなものに溢れているのだ。

この街にはそれがない気がする。これではまるで、王都の貴族街のような……。

「何て言えば良いのかしら。上手く言えないのだけど、生き生きとしていないというか、若さが弾《はじ》ける感じが足りないというか」

「私は若さより渋みの方が好きですけどね」

「………………」

「伯爵夫人が視察に来られているということで、緊張しているのかもしれませんね」

なるほど。緊張していればそりゃ活気も何もないかもしれない。

一見歓迎してくれている風に見えても、普段貴族と会う機会などほとんどない平民にとって、貴族は畏怖の対象にもなり得るのだ。私が視察に来ている状態で素を見たいというのは、中々に難しい話なのかもしれない。

実は近いうちに、伯爵領の中でも富裕層の奥様方のお茶会に参加させていただきたいと思っていたのだけど……当たり前だけど気を遣われるよね？

このお茶会は例のシルクに似た布を織っている奥様方の集まりで、私は参加するのをとても楽しみにしている。

何でも彼女達にとって布を織るのは、丁度貴族女性が刺繍を嗜《たしな》むような感覚らしい。

私としては是非この布織りを伯爵領に広げてもらって、あわよくば伯爵領の特産品にしたいと思っているのだ。できれば伯爵夫人として丁重に扱われるのではなく、本音が色々聞けると有り難い。

「そうよね。伯爵夫人がいたら緊張されて当たり前よね」

私は伯爵領の街並みを眺めながら、前々から考えていたある作戦を決行に移すことに決めた。

その夜。いつものようにマリーと二人自室で寛いでいた私は、マリーに昼間決断したことを打ち明けた。マリーなら恐らく反対はしないだろうと踏んでいたのだが、想像以上にノリノリで引き受けてくれた。

「任せてください、奥様。自慢じゃありませんが得意分野です！　明日にでも早速街に出て必要な物を買い求めてきますね」

「ありがとう、マリー。……その、結構お金がかかってしまうと思うのだけど、大丈夫かしら？」

マリーは一瞬キョトンとした後、トンッと胸を叩いて微笑んだ。

「ご安心ください、領地での滞在にあたって伯爵様からまとまった額のお金を渡されております。ミシェルさんからも、しっかりお買い物に励むように言われていますので！」

買い物に励むって、中々聞かない言葉だよね。

しかし旦那様、ちゃんとお金のこととか考えてくださっていたのですね。ありがたやー。

「まぁ！　それはとても有り難いわ。でも、きっとミシェルはドレスや装飾品を買ってほしかったのではないかと思うのだけど、私の計画に必要な物のために使ってしまっていいのかしら？　その……魔石とか」

魔石が結構なお値段することは周知の事実だ。もちろん効果や品質によって値段はピンキリだが、ピンが卒倒しそうなお値段なだけであって、キリも結構お高い。

「ふっふっふ、奥様。ハミルトン伯爵家の財力を舐《な》めちゃあいけませんよ。服の一着や二着、魔石の一個や二個買ったところでまだまだお金はあります。むしろ奥様がちゃんと使い切れるかの方が心配なくらいです」

そんなに？　というか、別に無理に使い切らなくてもいいのでは？

「あ、ちなみにミシェルさんから、使い切るまで帰ってきちゃダメって言われていますからね！」

……そんなことって、ある？

◆　◆　◆

アナスタシアの領地行きを許可した翌々日。

フェアファンビル公爵令嬢の顔をした豹《ひょう》に追いかけられる、という中々にとんでもない悪夢を見て飛び起きた私は、アナスタシアが既に領地へ向かって出発したと聞かされた。

手紙と、何故か置き土産として缶入りのクッキーをセバスチャンから渡される。

「こんな朝早くに、もう出発したというのか？　私に何の挨拶もなく？」

「奥様が、わざわざ旦那様を起こすのは申し訳ないと仰いまして。いつも旦那様も挨拶せずに出掛けていくから、特に問題ないだろうとのことでした」

……グゥの音もでない。

「このクッキーは何だ？」

「昨日、奥様が張り切って沢山焼かれていましたよ。領地へ向かう馬車の中で、皆と召し上がるそうです」

貴族の夫人が旅に出ると決めた翌々日には出発するなんて前代未聞なのに、その前日には自らクッキーを焼いていただと？　あいつの行動は本当に奇天烈《きてれつ》だな。

セバスが部屋を出ていった後、クッキーを一枚食べてみる。

「……うまい」

王都の甘ったるい菓子はあまり好きではないが、このクッキーは素朴な甘さで食べやすかった。サクサクとした歯応えが後を引く。そういえばお祖母様がまだお元気だった頃、よくこんな風に手作りのお菓子を焼いてくれたな、と思い出す。

あの頃はまだお母様も生きていて、お祖父様が当代のハミルトン伯爵として辣腕を振るっていた。周りの貴族家からも一目を置かれ、使用人達も皆笑顔で仕事に励んでいた。思えば、私自身もあの頃が一番幸せだった気がする。

しかし元々体の弱かったお祖母様は、歳と共に体調を崩すことが多くなった。

何よりもお祖母様を大切にしていたお祖父様は、婿養子である私の父に爵位を譲り、お祖母様と二人で隣国へ静養に向かったのだ。隣国の方がフェアランブル王国より医療が発展しているし、長年他国との貿易を行っていたお祖父様には、隣国にも信頼のおける仲間が沢山いたのだろう。

あれからだ。ハミルトン伯爵家の歯車が狂い出したのは。

息子である私の目から見てもお世辞にも良好とはいえなかった両親の仲はますますギクシャクとしたものとなり、父の女遊びも激しくなった。

お母様が流行病で亡くなった後は、もう……。

私はほんのり甘いそのクッキーをサクサクと何枚か続けて食べた後、残りの枚数を気にしながら名残惜しげに缶の蓋を閉めた。

夕食時は、最近はいつもいるアナスタシアがいないことに違和感を覚えた。

一人の食事など当たり前だったはずなのに、何だか胸にぽっかりと穴が開いたような変な気持ちがするのは何故だ。

もしかして私は……寂しいのか？

ブルブルッと首を左右に振ると慌てて食事に取り掛かる。

「うん、美味《うま》い！　やはりあの女がいようがいまいが食事の美味しさは変わらんな！　はっはっは！」

訳の分からない強がりを言ってしまった私を、セバスとミシェルが残念なものを見るような目で見ていた。


それから十日ほどが経ち、アナスタシアが無事に領地に到着したとの報告書がマーカスから届いた。アナスタシアは直ぐに領地の邸の使用人達にも馴染み、ダリアとマリーと楽しそうに過ごしているらしい。

あの自然豊かな伯爵領で、楽しげにはしゃぐアナスタシアの姿を想像すると自然と頬がゆるむ。

ハッと気が付くとセバスが珍しくニヤニヤとしながら私を見ていた。

「ふ、ふん。自分から手紙の一通でも寄越せばまだ可愛げもあるものを、マーカスからの報告書しかないじゃないか」

咄嗟に私が文句を言うと、

「では、坊ちゃまがお手紙を書かれては如何ですか？」

と、返された。正論だ。

……手紙、か……。

◆ ◆ ◆

例の計画を打ち明けてから数日。

マリーは準備を着々と進め、あっという間に必要な物を全て揃えてくれた。

可愛くて明るくて仕事のできる専属侍女。最高か。

さて、こちらの準備は整ったし、あとはマーカスだけど……。

「ダリア、今日少しマーカスと話がしたいの。時間が取れるか確認してくれるかしら？」

「かしこまりました」

そう言ってダリアが部屋から出ていくと、それだけで何かを察知したマリーが目を輝かせる。

「奥様！　いよいよですか？」

「ええ、準備をお願いできる？」

「お任せください！」

言うが早いかマリーはクローゼットの奥から二人分の衣装を用意して出てきた。

「……二人分？」

「もちろん、私もお供しますから！　ささっ、奥様、お化粧とヘアスタイルも直しますのでこちらへ座ってください」

マリーが楽しそうに私の化粧に取り掛かったところで、扉がトントンとノックされる。

「奥様、夕食前にならマーカスさんの時間が取れるそうです。……何をなさっているのですか？」

「ちょっと、イメージチェンジ？」

私が少しとぼけてそう言うと、ダリアは、私、マリー、クローゼットから出ている二着の洋服、を順番に見回して溜め息をついた。

「なるほど、そういうことですか……。マーカスさんは止めると思いますよ？」

「その時はちょこっとだけお話し合いをしないとね。ごめんなさい、ダリア。少しマーカスを困らせてしまうかもしれないけど」

「その場合は私がそこに付け込みますのでご安心ください」

——安心……なのか？

マーカスの身の上が一瞬心配になったが、彼は成人男性だ。自分の身くらい自分で守るだろう。うん。


約束の時間になり、すっかり準備万端整えた私達がサロンで寛いでいると、ノックの音がしてマーカスが入室してきた。

「失礼いたします、奥様。お話があると伺ってまいりましたが……そ、そのお姿はどうされたのですか⁉」

マーカスが驚くのも無理はない。私とマリーは今、どう見ても平民にしか見えない町娘スタイルになっているのだ。シンプルなワンピースにエプロンドレスを重ね、御守りのペンダントに新しい魔石を嵌《は》めて髪色と瞳の色もしっかり茶色に変えている。

「あのね、マーカス。お願いがあるの」

マーカスはその瞬間に全てを悟ったのだろう。一歩二歩と後ずさりながら額に冷や汗をかき始めた。

「やっぱりね、伯爵夫人としての視察だと分かることに限界があると思うのよ。領民の暮らしをしっかり知るためには、そこに交ざるのが一番だと思わない？」

「お、奥様……まさかとは思いますが……」

「この格好で街に出るわ。お忍びで」

ひぃぃぃっといった感じでマーカスの顔が引き攣る。

「そ、それは賛成いたしかねます！　奥様の身に何かありましたら、このマーカス、ユージーン様に何とお詫《わ》びすればよいやら……」

「大丈夫よ！　私の顔なんて大して知られていないし、伯爵夫人だなんて絶っ対バレない自信があるわ」

むしろ平民に埋もれたら見つけてもらえない可能性すらある。

「私も、実家のある男爵領ではいつも普通に街に出て領民達と過ごしていたのです。しっかり奥様をお守りしますわ！」

マリーがフンス！　とばかりに両手を握り締めて主張するが、マーカスの顔はますます絶望に染まっていく。ごめん、マーカス。

「ちなみにマリーさんは、実は武道の達人だったり……」

「しませんね！」

「ですよね……」

額の汗をハンカチで拭きながら困り果てているマーカスに、ちゃんと護衛は連れていくから、と何とかゴリ押しする。

「実は、本当はこっそり出掛けちゃうつもりだったのよ？　でも流石にそれは当主夫人として無責任だと思ったからこそこうして相談しているの。お忍びで出掛けること自体は決定事項として、条件を折り合わせましょう？」

マーカスはガックリと肩を落とし、

「せめて、ユージーン様にご報告してからにしてください……」

と懇願してきたが、手紙なんて届けるだけで一週間はかかるのだ。

それから旦那様の許可が下りたとして、それを知らせる手紙が届くのにまた一週間。

そんな悠長なことは言っていられない。

「マーカス」

ここは腹を割って、本音で話すしかないだろう。

「何故私がここまでしようとしているのか……あなたなら分かるはずでしょう？」

「！」

「確かに伯爵領は豊かよね。でも、本当にそれがずっと続くとでも？　十年、二十年、五十年……あの鉱山からはいつまで宝石の原石が出続けるのかしら？」

「は、ははは……奥様は心配性ですね。あの鉱山の埋蔵量は凄いですよ。それこそ孫の代まで安泰です」

「そう。では曽孫《ひまご》の代は？」

「そ、それは……」

「鉱山の埋蔵量が多く、長い年月その恩恵にあやかれるというのなら、その分長く他の産業は廃れてしまっているのではないの？　いざ鉱山から宝石の原石が採れなくなった時、領民達はどうするのかしら？」

「それは……、そうなる前には、もちろん手を打つのではないですか？　しかし、それは今ではないはずです。今は新たな産業を産み出すだの貿易に力を入れるだのするより、鉱山を掘れば確実により多くの収入を得ることができるのです。その機会を棒に振る方が経営的には問題なのでは？」

「自分達の世代は大丈夫だから、後のことはその世代の人間が考えるだろう。そんな甘い考えで滅んだ国や領地は沢山あるわ。今生きている領民達のことはもちろん、これから生まれてくる民のことも考える。それが土地を統治する者の責任ではないかしら？」

「……」

「まぁ、本当はそこまで領地に責任を持たなければならないのは、どう考えても当主である旦那様なのだけど。旦那様がマーカスのことを信頼しきって全て任せてしまっているみたいだから、少しだけ私にも協力してもらえない？」

「………」

「嫌だと言っても勝手に行くけど」

俯《うつむ》いていたマーカスがガバッと顔を上げる。一切目を逸らさない様子に、私が絶対に譲らないということを悟ったのだろう。

「分かりました……私の負けです」

フゥーと長く息を吐くと改めて私を見て言った。

「では、条件を折り合わせましょうか？」

マーカスから出された条件は三つ。

・必ず護衛を一人は付けること
・最初はマーカスも同行すること
・決められた区域以外には行かないこと

「反対はしましたが、正直言えば伯爵領の治安はかなりいいのです。この三つの約束を守っていただければ危険は少ないと思いますよ」

「分かったわ！　きちんと約束は守ります」

「では、このまま食堂に向かいましょう。まさかこんな話だとは思わなかったので、随分時間がかかってしまいました。もうすぐ夕食ですよ」

マーカスは苦笑いをして私達を食堂へ先導しようとしたが、そのマーカスの前にダリアがズイッと割り込んだ。

「ん？　どうしました、ダリア？」

「マーカスさん、この際です。私達のこともはっきりさせましょう」

――いったー！

夕食の時間も迫った領地の伯爵邸のサロン。マーカスからお忍びの許可をもぎ取った私がご機嫌で食堂へ移動しようとしていたところ、新たな挑戦者が現れた。

マーカスにしてみればまさかの二戦目の開始だ。

え、え、これどうなるの？

と、マリーと二人で思わず両手を握り合ってダリアとマーカスを見つめてしまう。

まさか私とマリーが事情を知っているとは思ってもいないであろうマーカスは、こちらをチラチラ見ながら非常に気まずそうにしている。

というか、この分だとダリア、既に何回かマーカスに突撃済みですね？

「ダリア、こんな所でやめなさい。それに何度も言っているでしょう。私の気持ちは変わりません」

やっぱり！

「でもマーカスさん、さっき奥様に言い負かされていましたよね」

「え？」

「いつも私を子ども扱いされますが、その私より年下の奥様に正論かまされていましたよね？　やはり、人間と人間の関係に年齢差というのはあまり深い意味を成さないのではないでしょうか？」

「それとこれとは話が別でしょう。私とダリアの年の差には非常に大きな問題があると思いますよ」

まぁ……三十歳差は大きいよね。

実際マーカスが何歳なのかは知らないけど、旦那様のお父様の時代から家令を務めていたという話なので、やはり五十前後にはなっていると思うし。

「そんなことを言うと、陛下と側妃《そくひ》様も問題だということになってしまいますよ？」

あ。そういえばそうだ。陛下と側妃様には、確か三十歳近い年の差があるのだ。

「まさかそんな！　そんなこと考えたこともないですよ！」

マーカスは額に汗をかきながら、大慌てで否定する。

そりゃそうだ、仮に陛下と側妃様の関係を問題だなんて言ったとしたら、そっちの方が大問題だ。不敬罪まっしぐらである。

マーカスの返事を聞くと、ダリアは満面の笑みを浮かべて続けた。

「では、年の差なんて問題にもなりませんよね？　良かったです。さて、私とお付き合いするのにあと何が問題ですか？」

おおぉ……ダリアが凄いグイグイいく。

さてはダリアのお父さん、この資質を見越して娘を伯爵家へ送り込みましたね？

ダリアがこの調子でグイグイいけば、旦那様など赤子の腕を捻るがごとく簡単に押し負けてしまいそうだ。

非常に良い読みをしているが、惜しむらくは娘の性的嗜好を把握していなかったところか。

「ダリアのお父上の子爵様にも申し訳が立ちません」

「父は説得済みです、ご安心ください」

カミングアウトは済ませたらしい。

「私の仕事は激務で、王都と領地の往復です。家族には不憫《ふびん》な思いを……」

「任せてください、解決します」

「ダ、ダリアちゃんみたいに若くて美人な子にこんなおじさん似合わないでしょう！　最近はお腹《なか》だって出てきたし……」

「それがいいのではないですか。マーカスさんの魅力は私が分かれば十分です」

マーカスは真っ赤になって絶句する。

普段余裕があるおじさんがグイグイ押されているの可愛いな。

――ヤバい、私まで新たな扉を開いてしまいそうになった。

「こんなおじさんの……どこがそんなに良いのですか……」

「お時間を頂ければ、夜明けまでも好ましいところをあげられますよ？」

「「「…………」」」

マーカスだけでなく、つられて私とマリーまで真っ赤になってしまった。

「他、何かございますか？」

そう言って凛《りん》と立つダリアが一瞬たりともマーカスから目を離さない一方で、マーカスは顔どころか耳や首まで真っ赤になって口をパクパクさせている。

……これは勝負あったな。

「ないようですね。では、本日よりお付き合い開始ということで。不束者《ふつつか》ですがどうぞよろしくお願いいたします」

そう言うとダリアは満面の笑顔で、それはそれは美しいカーテシーを決めた。

ダリア姐《ねえ》さんカッコいいぃぃ――！　これは惚れる!!

私とマリーは二人のお邪魔にならないようにそそくさとサロンから脱出した。

後は若い二人に任せて……って、一人若くないけど。

「奥様、いいもの見ましたね！」

何だかマリーはツヤツヤしている。

「……そうね。いいもの見せてもらったわ」

こうして私達二人は食堂に向かい、

「なんでそんな格好されているのですか!?」

と、この邸の使用人達に問い詰められるのであった。

◆　◆　◆

「拝啓、アナスタシア様……いや、変だろ……」

セバスに自分から手紙でも書いてみてはどうかと言われた私は、あの日から机の前でウンウンと頭をひねる羽目に陥っていた。

私だって伯爵家の当主だ。当然手紙などは書き慣れているのだが、アナスタシアに宛てて書くとなると、何だか勝手が違う。

「仮にも妻に宛てて書く手紙に、拝啓はおかしいよな。時候の挨拶は入れるべきなのか？　いや、体調を気遣うのが先……。そうだ、まずクッキーの礼か！」

図書室から持ってきた、女性へ宛てた手紙の書き方の本をペラペラと捲《めく》る。うちの図書室にはこのような本まであったのだな。

「くっ、破廉恥な！　こんなことを書けるわけがなかろう!?　そもそも、私とアナスタシアはそういう関係ではないわけだしな。どこかに政略結婚をした微妙な距離感の妻に対する手紙の書き方は載っていないのか？」

隅々まで確認したがそのような記述はなく、途方に暮れて本を閉じた時、後ろから扉が閉まる音が聞こえた気がした。

不思議に思い振り返ったが、そこには誰もいない。

「……気のせいか？」

その夜、執事の執務室。

「……というわけで、坊ちゃまは白紙の便箋の前で半日唸《うな》っておられたのだ」

定例の報告会を行っていたセバスチャンとミシェルの二人は、顔を見合わせると「はぁー」と深い溜め息を吐いた。

「坊ちゃまは女性方面に疎いですものねぇ。あんなにおモテになられるのに」

「子どもの頃からサミュエル様に『女性に現《うつつ》を抜かすな』、『女性には誠実であれ』と言われ続けておりましたからな」

先々代の伯爵、ユージーンの祖父であるサミュエルは、稀代《きたい》の名領主としても名高いやり手の人格者であった。

そして、その一人娘がソフィア・ハミルトン。ユージーンの亡き母だ。

ソフィアもまた無欠の令嬢と呼ばれるほどに評判の良い令嬢だったのだが、唯一男性の趣味だけは首を傾げざるを得なかった。

「ジョシュア様が、それはそれは女性にだらしない方でしたからね。ご結婚の際にはあれほどサミュエル様がお止めになっていたのに……」

「ソフィア様は昔からお顔の造作の良い男性に弱いところがおありでしたからなぁ。しかも、頼りない男性の方が母性本能をくすぐられて好ましいとか」

そこにピタリと当て嵌まってしまったのが、ユージーンの父である先代の伯爵、ジョシュア・カーター（旧姓）だったというわけだ。

ジョシュアは悪人ではなかったが、まぁだらしのない人間だった。そして、領地経営の才もなかった。

サミュエルが隣国へ移住し、数年後にソフィアが亡くなると、経営のことが分からないジョシュアは、仕方なく全てを家令に丸投げすることにした。

全てを丸投げするとはいっても、流石に方針は領主が決めなければならない。

貿易も領地の産業も何も分からないジョシュアは、『儲《もう》かるのなら、ずっと鉱山だけ掘ればいいじゃないか！』と、まさかの全振りをしたのだ。

他に回していた予算や人手をほぼ全て鉱山へ突っ込んだ結果、パッと見の伯爵領の収益は激増した。それに気を良くしたジョシュアは女遊びをますます激化させ、ついに爵位を退かざるを得ないほどの失態をさらしたのだ。

「坊ちゃまは、ジョシュア様に面差しがよく似ておられますものね。サミュエル様もきっとご心配だったのですわ」

「ここまで女性との付き合い方が不得手になるとは想定外でしたがな」

二人は顔を見合わせ苦笑する。

「アナスタシア奥様が聡明な方で良かったですわ。公爵家がクリスティーナ嬢のかわりにする平民育ちの令嬢を探してきたと聞いた時には、はらわたが煮えくり返る思いでしたけど」

「私は、サミュエル様が二つ返事でその話を受け入れられたのだから、何かお考えがあるのだろうと思っておりましたよ」

「あらまぁ、流石ですわね、ふふっ」

二人の希望はただ一つ。自分達の大切な坊ちゃまの幸せだ。

次の日。少し決まり悪そうに侍従に手紙を預けるユージーンの姿を見かけたセバスチャンとミシェルは、そっと目を合わせると微笑み合った。

◆◆◆

様々な準備が整い私が街へお忍びで出掛けられることになったのは、件《くだん》の《ダリア、マーカス寄り切り勝利事件》の三日後のことだった。私はあの翌日にでもすぐに出掛けたかったのだが、マーカスの仕事の調整が付かなかったのだ。

ちなみにプロ意識の高いマーカスとダリアからは、奥様にあんなプライベートをお見せしてしまって申し訳ありませんでした、と謝罪された。

　こちらとしては「いいもの見せてもらったぜ！」という感覚なのだが、謝罪はきちんと受け取った。二人はその後も仕事中は全く変わった様子を見せないのだが、ついチラチラ見てしまうのは許してほしい。

　後日談、後日談を下さい！

「さあっ奥様、こちらに座ってください。今日は腕によりをかけて最高に可愛い町娘に仕上げちゃいますよ！」

「……マリー、気持ちは嬉しいのだけど、可愛いより目立たない方が有り難いわ？」

「ムムッ、言われてみれば確かにそうですね。奥様はただでさえ目を見張るほどの美貌の持ち主ですからね！　可愛く仕上げてしまっては有象無象が寄ってきて、せっかくのお忍びの邪魔になってしまうかもしれません」

　マリーはちょっと親バカ……いや、この場合は侍女バカ？　の傾向があるのだが、そんなマリーがほどよく仕上げてくれた町娘姿は素朴で可愛かった。

　鏡の中に映る茶髪で茶目の町娘姿の自分は、まるで歩むことのなかったもう一つの未来の先にいた自分の姿のように思えて感慨深い。

　ふふっ、懐かしいなぁ、この姿。

ほんの二年と少し前までは、まさにこんな姿で暮らしていたのだ。

正直、今でもこちらの姿の方に愛着がある。

何せ金髪翠目の自分と初めて対面したのは、大事なペンダントを無理矢理奪われて叩き壊されたあの時なので、最大級に嫌な思い出とセットになってしまったのだ。

いくら自分の本来の色とはいえ、あまり良い印象がないのは仕方がないだろう。

鏡に映った町娘姿の自分を見ていると、あの時のことをぼんやりと思い出す。


『やめて、返して！　それは大切な御守りのペンダントなの！』

ペンダントを取り返そうと掴みかかった私を突き飛ばし、目の前で踏みつけて魔石を粉々にした公爵家の私設騎士団の騎士達。

奴等《やつら》一人一人の顔は今でも忘れられない（というか、絶対忘れてやらないからね！いつか見ていろ！）。

私は、何とかペンダントを元に戻せないかと床に這《は》いつくばって魔石の欠片を集めていたのだが、その時自分の髪がパラリと顔にかかったのだ。

見たこともない、金色の髪が。

ヒュッと喉が鳴った。自分が何か得体の知れないものに変わってしまったような恐怖を感じて、慌てて鏡を覗き込むと……金色の髪に、翠色の瞳の自分がいた。

あの時の気持ちは、一体なんと表現したらいいのか今でも分からない。

そして、それまでニヤニヤと私を見ていた騎士達の顔色は、それを見て途端に悪くなった。

『き、金色の……髪…………』

『お、おい！　どうする？』

『どうするも何も、とにかく公爵様に連絡だ！』

私が公爵家の血族だからといって押しかけてきたくせに、この展開は想像していなかったのだろうか？　バカなのかな、公爵家の私設騎士団の騎士って。

バタバタと逃げるように去っていく騎士達の背中を見ながら、やるせない気持ちだけが心に残る。

その後はもう大騒ぎだった。

魔石を割られた私は元の姿（？）に戻ることもできず、当時は高等学舎の寮に入っていたため、寮の中は上を下への大騒動。

私の後見人のサムおじ様がすぐに駆け付けてくれたので何とか事態はおさまったが、私は友達に挨拶する間もなくおじ様の家に連れて帰られた。

　結局そのまま公爵家に引き取られたので学舎時代の友達とはお別れすら言えずじまいで、そのことは今でも悲しく思っている。

　ちなみに、サムおじ様は両親がいなくなる前から私達家族を何かと手助けしてくれていた人だ。何でもお父さんの古くからの知り合いらしく、国を股にかけて商売をしている大きな商会の会長さんで、小さな頃から私に様々なことを教えてくれた。

　以前から『自分達に何かあったらアナを頼む』と言われていたおじ様は、私の両親が死んだことになったあの事故の時もすぐに駆けつけて私の後見人になってくれたのだ。私にとって、返し切れないほどの恩がある大恩人である。

『公爵家から正式な遣いが来た。もう誤魔化すことはできないだろうが、逃がすことはできる。アナが望むなら隣国の信頼のおける知人にアナを託そう。……どうする？』

　おじ様はそう言って私の意思を確認してくれた。

　あの時隣国へ逃してもらっていれば、こんな風に伯爵夫人として過ごすこともなかったのだろう。でも、私の気持ちは決まっていた。

『ありがとうございます、おじ様。でも私……フェアファンビル公爵家に行きます』

　私には、両親が死んだとはどうしても思えなかった。両親が姿を消した過程があまりにも不自然だったことと、……誰にも言っていない理由がもう一つある。

そして、あまりにも手際良く死んだことにされた両親に何か大きな力を感じ、公爵家が、あるいは貴族社会が何か関わっているのではないかと疑っていたのだ。

公爵家に引き取られるのは、それを確かめるチャンスだった。

お父さんはずっと、自分の駆け落ちのせいで公爵家や公爵領の領民達が不利益を被ってしまったことを気に病み、公爵家で唯一自分を可愛がってくれた兄にも迷惑をかけてしまったと悔いていた。お父さんとそのお兄さんは二十歳も歳が離れていて、ほとんど父親代わりのような存在だったらしい。お父さんのお兄さんなので、私にとっては伯父さんだ。

私としては、いくら駆け落ちで醜聞に塗《まみ》れたとしても、それで領地経営にまで影響を及ぼしてしまうのは公爵家の力不足なのでは？　と思うのだが、お父さんはそうは思わなかったらしい。

私は、窓から公爵領がある方角を眺める。

ハミルトン伯爵家とフェアファンビル公爵家の領地は隣り合っていて、遥か遠くに見えるあの山の向こう側は、もうフェアファンビル公爵領なのだ。

私がフェアファンビル公爵家の一員となるのなら、お父さんの代わりに領民のために務めを果たそう、と思っていた。まさか公爵家が、使用人も含めてあそこまで腐っていたとは思わなかったが、それでも領民に罪はない。

私が公爵家に引き取られた時は既に代替わりが済んでいて、先代の公爵である伯父さんは王都の公爵邸にはいなかった。

当代のフェアファンビル公爵は伯父さんの息子で、歳は離れているが本来は私の従兄弟《いとこ》なのだ。そして、今は私の養父になったこの公爵は私のお父さんをひどく憎んでいて、これはどうも駆け落ちだけが原因ではなさそうだった。

お父さんの話を聞いていると、もしかしてお父さんはもともと公爵家で冷遇されていたのでは？　と思えて仕方がなかったのだが、嫌な予想は当たってしまったようだ。

親子二代にわたって迫害されるとは、何とも因果なものである。

何故お父さんが公爵家で冷遇されていたのかは分からない。

公爵家では、私に肝心なことは何も教えてくれなかったし、何かを探っていると警戒されても困るので、私も何も尋ねなかったから。

ただ、時々耳に挟む情報を合わせると、どうやら位を退いた伯父さんは公爵領のどこかにいるらしいことは分かった。

あれだけ慕っていたお兄さんだ。お父さんが公爵家を出ていった後も、伯父さんとだけはこっそり連絡をとっていた可能性は十分にある。もしそうなら、伯父さんは両親の失踪についても何か知っているかもしれない。

伯爵家に嫁いだからには、伯爵領の領民達を守りたい。

お父さんがずっと気にかけていた公爵領の領民達にも、私にできることで報いたい。

――また、お父さんとお母さんに会いたい。

お父さんとお母さんが姿を消した真相を知りたい。

鏡の中の自分を見つめ、心新たに覚悟を決める。

「さあマリー！　街へ出掛けましょう！」


マーカスに案内されて歩く伯爵領の街はとても美しかった。

いつも馬車から眺めるだけだった街を実際に自分の足で歩いてみると、それが一層よく分かる。一つのゴミも落ちていない綺麗に整備された石畳の道に、デザイン性にも優れたお洒落《しゃれ》な建物。お店も沢山あるし、出店のようなものもある。

私とマリーはワクワクしながら街の中を歩いた。すぐ後ろにはマーカスと、少し離れて護衛も一人付いてきている。

マーカスが言うには、伯爵領は入領審査がとても厳しい領地で、余所者《よそもの》が目立ちゃすいらしい。勝手に余所者が入ってきて鉱山でも荒らされたら一大事だし、伯爵領の税金がとても少なく社会保障は充実していることから移住希望者が殺到していて、中には無理矢理住み着こうとする移民もいるのだそうだ。

それでは確かに入領を厳しくせざるを得ないだろう。

そんな事情もあり、まずは私達がよく出歩きそうな場所に出向き、顔繋ぎをしておく必要があるという。あまり見かけない人間がうろうろしていると、密入領者と間違われて兵士に捕まってしまう可能性があるからだ。この領地を治めている伯爵家の家令であるマーカスの知り合いなら、この上ない身分保証になる。

ちなみに私達は、「伯爵と取引のある商会のお嬢さん（私）と見習いの娘（マリー）で、将来の勉強も兼ねて伯爵領に遊びにきている」という設定になっている。

「ベーカーから、お勧めのケーキ屋さんも教えてもらっておきました！　後で行きましょうね、おく……アナお嬢様！」

「ふふ、楽しみね」

マリーと楽しくお喋りをしながら街の中を歩いたのだが、何だか随分と街が静かだ。決して人が少ないわけでも、街が寂れているわけでもないのにこの違和感は何だろう？　私はキョロキョロと辺りを見回し、あることに気が付いた。

分かった！　客寄せの声が全然しないのよ！

『安いよ、安いよー！』

『ほら見ていってよ！　新鮮な魚が沢山あるよ！』

『今ならこれだけにまけとくよ！　買った、買った！』

私の知っている平民街はいつも喧騒《けんそう》に溢れていたのに、この街にはそれがないのだ。

だから平民街より貴族街に近い感じがしたのだろう。

うーん。でも、それが悪いってわけではないしなぁ。

単に私が賑やかな方が好きだから、となるとそれはもはや好みの問題だ。逆に静かな街の方が好きな人も沢山いるだろうし、ここに住んでいる人達が幸せならそれが一番だ。……とはいえ。

出店の人達はみんなにこにこと感じがいいが、よく見ると何故か売り子がいない店もあるし、折角立派な店舗を構えているのに《本日休業》の看板が出ているお店もチラホラ見える。

「ねえマーカス、何だか閉まっているお店が多くない？　今日はそういう日なのかしら？」

「いえ、そういうわけではないのですが……」

マーカスは何やらモゴモゴと言いにくそうにしている。煮え切らない態度のマーカスに首を傾げていると、こちらに気が付いたお店の人が声をかけてきた。

「おや、マーカス様！　本日はどのような御用ですか？」

「ああ、こちらのお嬢さん達に街を案内していてね。伯爵様と取引のある商会のお嬢さんと見習いの子だ。しばらく伯爵領に滞在するから、みんなよろしく頼むよ」

マーカスがお店の人と話していると、周りの人達がワイワイと集まってくる。

「マーカス様、先日は私達のために骨を折っていただき、ありがとうございました」

「マーカス様！　この前壊れちゃった教会の時計、すぐに直してもらえたよ！　ありがとう！」

「マーカス様！　これ持っていってください！」

驚いたことにマーカスは領民達に物凄く慕われていた。皆マーカスの連れということで私とマリーにも好意的に接してくれる。

私とマリーは思わずポカンとしてしまった。


「こんなこと言ったら失礼だとは思うのだけど……正直言って意外だったわ」

馬車に戻ってから私がそう口を開くと、マーカスは笑いながら言った。

「そうでしょうね。王都の邸で奥様から質問責めにあった時、胡散臭《うさんくさ》く思われているであろうことは自覚しておりましたよ？」

やはりバレていたか。

「突然押しかけるように領地に来たのも、偵察に来たのだろうと思っておりました。私にも後ろめたいことが何もないわけではありませんからね。領民達が慕ってくれるほど、鉱山に頼り切った伯爵領の財政に不安を覚える部分も多かったのです。……正直、奥様が来てくださって良かったのかもしれません」

ここ数日で領地にある書類を色々確認させてもらったところ、どうやら鉱山の採掘に振り切った今の体制になったのは、先代の伯爵である旦那様のお父様の方針だったことが分かった。ちなみに旦那様のお父様は婿養子である。

きっとその辺も色々とゴタゴタがあったのだろうということは容易に想像が付いた。公爵家もそうだが、貴族家の内情というのはどこも皆中々にドロドロとしているものなのだ。マーカスも色々思うところはあったのかもしれないな、と思った。

「さぁさぁ奥様！　次はいよいよお待ちかねのケーキ屋さんですよ！」

マリーの元気な声が、馬車の中でこだました。

「そ、そんなぁー……」

《本日休業》の看板が出ている一軒の店の前で、マリーがガックリと打ちひしがれている。ベーカーお勧めのケーキ屋さんが閉まっていたのだ。

朝からマリーが相当楽しみにしていたのを知っているだけに、かける言葉も見つからない。

「……ねえ、マーカス。やっぱりこの街、お休みの店が多過ぎない？」

私がマーカスの方を振り返ると、何故かマーカスも目に見えてションボリしている。

「折角ダリアちゃんにお土産買って帰ろうと思っていたのに……」

おっふぅ！　聞かなかったことにしよう！

「あら、あなた？　どうしたの？」

閉まっているケーキ屋の前で打ちひしがれているマリーを見て、優しそうなご婦人が声をかけてくれた。

「ケーキ屋さんが、閉まっているのですー！　朝からここのお店のタルトタタンを食べるのをすっごく楽しみにしていたから、私もう残念で残念で、うぅ……」

「あらあら、それは残念だったわね。ここのご主人、今日は天気がいいからって彼女とピクニックに出掛けちゃったから……」

「「………へ？」」

んん？ 何も難しいことは言われてないのに、ご婦人が言っている言葉の意味を脳が理解できなかったぞ？

天気がいいからピクニック？ 定休日とかじゃなくて？

「そうねぇ、タルトタタンではないけれど、美味しいアップルパイのお店ならこの先にあるわよ？」

ご婦人は親切にもそんな情報をくれた。

「アップルパイ！ 行きましょう、アナお嬢様！ もう私は林檎《りんご》の口です。それも生のフレッシュな林檎じゃなくて、火を入れてとろーりじんわりの林檎を食べないことには収まりません」

フンスと主張するマリーを見て笑いながら、私達はご婦人にお礼を言って別れる。

教えてもらった道を歩いて数分、目的の方向からバターの良い香りがしてきた。

「発見しました！ 早く、早く、入りましょう！」

お店の前でピョンコピョンコ跳ねているマリーは、どこからどう見てもただの町娘だ。その正体が男爵家の令嬢で、伯爵夫人の専属侍女とは誰も思うまい。

流石プロね、マリー！ 侍女として完璧に主人の要望に応えているわ！

……って、あれはやっぱり素かしら？

お店の扉を開くとチリンチリンと可愛いベルの音がして、辺りはバターだけでなく煮込んだ甘い林檎とシナモンの香りに包まれた。ふわぁ……いい香りー！

そこはアップルパイの専門店で、ホールサイズではなく、一人サイズのパイを売っているお店だった。店内に飲食のスペースはなかったので、私達は早速一人一個のアップルパイを買ってお店を出る。店番のおばあちゃんはにこにこと手を振ってくれた。

焼きたてのアップルパイを入れた紙袋から、ホカホカとした温かさと良い香りが伝わってくる。

「折角だから、焼き立てのうちに頂きたいわ！　マーカス、どこか座れる所はないかしら？」

「そうですね、近くに公園がありますので、そこに行きましょう」

案内されたのは広い芝生に噴水もある綺麗な公園で、あちこちにベンチや東屋も設置されていた。私達は早速そこの東屋のベンチに座る。

「では早速！　いただきまーす！」

アップルパイを一口かじると、サクサクとしたパイの歯応えと共にバターの香りが口いっぱいに広がる。美味しい。続けてかじると今度はフィリングが出てきて、熱々トローリとした林檎の甘さとシナモンの香りが最高だ。

んー！　美味しい！

ポカポカとした陽気に、美味しいアップルパイ、最高だね！

アップルパイを堪能《たんのう》していると、ふとベンチに置きっぱなしの荷物に気が付いた。

「マーカス、あれ、誰かの忘れ物かしら？　どこかに届けた方がいいのではない？」

マーカスは私に言われてベンチを確認するとこう言った。

「ああ、あれは多分場所取りのために荷物を置いているのですよ」

「ええ!?　取られないの？」

自分から離れた所に荷物を放置するなんてあり得ない。泥棒に持っていかれても文句を言えない行動だ。

「伯爵領は治安が良いですからね。生活に困るような領民もいませんし、他人の物を盗《と》る理由がないのですよ」

「えぇー？　ちょっと無防備過ぎじゃないですか？　そのままの感覚で王都に出たら身ぐるみ剝がされますよ」

アップルパイを食べ終えたマリーも驚きの声を上げる。身ぐるみ剝がされるは流石に大袈裟《おおげさ》だけど、恐らく荷物は消えるだろう。

よく見れば、そのベンチだけでなく近くの東屋にも放置された荷物がある。

呼び込みの声がしない街、閉まった店、放置された荷物、豊かな領民……。

きゃー、アハハ……と、公園で遊ぶ領民達の楽しそうな声が聞こえる。子どもはもちろん大人も結構いる。しかも働き盛りのはずの若者の数が多い。

これは……、見えてきたかも。伯爵領の問題点！

「マーカス、帰ったら確認したいことがあるわ。時間は取れる？」

「はい、あの、お手柔らかに頼みます……」

この分だと、やっぱりマーカスも気付いていたか。

「ところで、マーカスさんは食べないのですか？　アップルパイ」

マーカスが大事そうに抱えているアップルパイに気が付き、マリーが突っ込む。

マリーよ、あれはダリアへのお土産なのだよ。そっとしておいておあげ。

「邸に帰って、執務の合間に頂こうと思いまして。は、はは……」

「それもいいですね。そうだ！　私もう一個アップルパイ買ってきてもいいですか？」

「ふふっ、よほど気に入ったのね。マリーも帰ってオヤツにするの？」

「ベーカーのお土産にするのです！」

マリーとベーカーは、歳が近いのと食べ物大好きという共通点があって仲が良い。

「何か美味しい物を見つけたら、ベーカーに伝えたり食べてもらったりしているのです。そうするとベーカーが、さらにアレンジした美味しい物にしてまた出してくれるのですよ！」

これこれマリー、ベーカーを不思議魔道具みたいに言うのではありません。

「お帰りなさいませ、奥様。街はいかがでしたか？」

邸に戻ると、ダリアがにっこりと出迎えてくれた。私達はそのまま私室に戻り、伯爵夫人モードにチェンジしながら街で見てきたことを話す。ダリアは商売上手な子爵家の令嬢で頭の回転も速いので、是非意見を聞いてみたい。

「天気がいいから、店を開けずにピクニックですか。父が聞いたら卒倒しそうですね」

「やっぱりそうよね。確かに伯爵領の領民達って、みんな親切だし幸せそうなのよ。でも、どうしても違和感があって」

「光が強ければ、その分影も濃くなるといいます。良くも悪くも欲がないのかもしれません。以前奥様が感じられた活気のなさも、そこからきていたのでしょうね」

欲がない……か。

準備を整えた私がサロンでマリーとカモミールティーを飲んでいると、少し遅れてマーカスがやってきた。

「すみません、奥様。遅れました」

「大丈夫よ。マーカスは私に時間を取られている間も、普段の仕事量は変わらないのだもの。忙しくさせてしまってごめんなさいね」

私がマーカスも座るように促すと、素早くマリーがお茶を入れる。

「単刀直入に聞くけれど、街の店に閉まっているものが多いのはどうしてかしら？」

いきなり核心を突かれたようでマーカスはドキリとした顔をしたが、それについて突っ込まれることはもう想定していたのだろう。持参した資料を机の上に広げると説明を始めた。

「こちらの資料をご覧ください。これがハミルトン伯爵領の社会保障と税率の一覧です」

……て、手厚い！　想像していた以上の手厚さだ。しかも税率は低い。

伯爵家自慢の宝石鉱山は領営なので、必要経費を引いた後の利益はまるっと全て伯爵家の収入になる。領民からの税収を当てにする必要がないのだ。

「伯爵領では昔からずっとこんなに税率が低いの？」

「いえ。確かに以前から税率は低い方ですが、ここまで極端になったのはここ十数年……先代の伯爵様が爵位を継いで少し経ってからですね」

なるほど、つまり……。

「お店が閉まっている理由は、働かなくても食べていけるから、かしら？」

「ええー!?」

「……ご名答です」

それまで黙って話を聞いているだけだったマリーが驚きの声をあげ、マーカスは申し訳なさそうに項垂《うなだ》れる。

「一体いつから？」

「それもやはり、先代の伯爵様が継承されてしばらくした頃ですね。経営を鉱山に振り切ったことで、他の産業に関わっていた領民の一部は職を失う形となったのです。それに対する救済策として税率を一気に下げました。社会保障に関しては、それ以前から何代にもわたって非常に手厚いといわれております」

「そうなのね。でも確か、伯爵領の失業率はあまり高くなかったように記憶しているのだけど？」

「……新たに事業を始める者に対する手当がこれまた手厚くなっておりまして、自己資金がなくても店を持てるのです。なのでその、実際の労働状況にかかわらず、書類上は事業主になっている領民の数も相当数にのぼるかと……」

「「………」」

気まずそうに説明するマーカス。絶句する私とマリー。

これは、想像以上に財力にものをいわせた力技だ。ある程度は金の力で何とかしているのだろうなと予想はしていたけど、ここまでだったとは……。

「つまり今日閉まっていたタルトタタンのお店も、儲けがなくても社会保障で十分食べていけるから自分の気分次第で好きに休む……と、そういうことですか？」

「そうですね。収入が一定の金額に満たない場合には、低収入手当というものもありますから」

そんなものまであるの？　それじゃむしろ、真面目に働くのが馬鹿らしくならない？

「スイーツを楽しみにしている乙女心を踏《ふ》み躙《にじ》るなんて許せません！　私が労働の素晴らしさを分からせてやります！」

マリーがプンスコ怒っている。タルトタタンの恨みは深い。

労働の素晴らしさ、か……。

一見働かなくても生きていける今の状況は幸せで恵まれているようにも見えるが、

働くのは何もお金のためだけではない。仕事そのもののやりがいはもちろん、それを経て得られる充実感や他者からの感謝、社会と繋がっている感覚。働くことを通して得られるものは案外多いのだ。

　私もこれだけの資産家である伯爵家に嫁いできた以上、働かなくても一生お金に困ることはないだろう。万が一離婚になっても慰謝料ふんだくるつもりだし。

　それでもやっぱり仕事はしたい。それを何とか領民にも伝えられるといいのだけど、何か作戦を練った方が良さそうだ。

　また課題が増えてしまったなぁ、なんて考えつつ、私はもう一つ気になっていることがあったのを思い出す。

「そういえばこれも気になっていたのだけれど、荷物を置きっ放しにして平気なのもここ十数年でついた習慣なの？」

「いえ、それはもっと以前からそうでしたね。元々が伯爵領は豊かで治安も良い地域でしたから」

　おお、そうなのか。凄いな伯爵領。個人的には伯爵領から出た人が他所で騙されないか心配なのだが、そこのところは大丈夫なのだろうか。

　……って、うん？　ちょっと待てよ？

「ねえ、マーカス。もしかして旦那様は領地で過ごされることが多かったのかしら?」

「はい。特に幼少期は大半を領地で過ごされていましたよ」

……純粋培養のルーツはここだったかー。

「そうだ、先ほど執務室に戻った際、ユージーン様から奥様にお手紙が届いておりました」

「へ? 旦那様から、私に?」

マリーに開封してもらった封筒を受け取り、中から一枚の便箋を取り出す。

あ、可愛い。

出てきた便箋は、小花の絵に彩られ、ふちにレースまで施されたお洒落な物だった。

触っただけで分かるほど紙の品質も良いし、うーん、お高そう。

そんなことを考えながら肝心の書いてある内容に目を向けた私は、思わずプッと噴き出しそうになった。

だって便箋には、やけに達筆な文字で小さくこんなことが書いてあったのだ。

『クッキー、ありがとう』

◆　◆　◆

ある日のこと。

皆の予想を裏切ることなくフェアファンビル公爵令嬢が邸に押しかけてきた。

私はいつも通り仲間が集まるサロンに出掛けていたので遭遇は避けられたのだが、義姉がいないなら私を出せと言っていたらしい。

何故だ。まさかアナスタシアが言ったように、本当に私を狙っているというのか？

思わずブルっと身震いをしてしまう。

一体、何がどうなればそういう発想に行き着くのか、全くもって理解ができない。

アナスタシアを領地に隠しておいて良かった。正直、考えの読めない相手ほど恐ろしいものはないからな。経緯はどうあれ、今はアナスタシアは自分の妻なのだ。そう易々《やすやす》と傷付けさせるつもりはない。

まぁちょっと、その、出だし躓《つまず》いた感はあるが……アナスタシアが領地から戻ってきたら少し歩み寄ってもいいかなと思っている。うん。

……まだ間に合うよな？

フェアファンビル公爵令嬢の訪問から十日ほどが過ぎた頃、一通の夜会の招待状が邸に届いた。隣国に留学していたフェアファンビル公爵令息の帰国を祝う夜会で、主催は王太子殿下となっている。ご丁寧にも宛名は夫婦連名だ。

「夜会の日程は二月後だそうだ。随分と急な夜会もあったものだな」

このタイミングでのこの誘い。どう考えてもアナスタシアを引っ張り出そうとしているとしか思えない。

私がそう考えてしまうくらいには公爵家と王家の結び付きは強く、フェアファンビル公爵令嬢が王太子に泣きついたのではないかと勘繰ってしまうのだ。不敬だとは理解していても、思わずチッと舌打ちをしてしまう。

何故私はこんなに不快なのだろう。

「アナスタシア奥様を、急ぎ領地から呼び戻さなければなりませんね」

セバスが珍しく焦った声を出す。隣ではミシェルが蒼ざめ、アイリスとデズリーも困惑顔だ。

何だ？　確かに急な夜会は困りものだし、アナスタシアを連れていくのは心配だが、そんなに蒼ざめるようなことか？

「申し訳ございません……。アナスタシア奥様は、夜会に参加できるようなドレスをお持ちではありません」

「！　ドレスか！」

今までドレスという物に縁遠かったので詳しくは知らないが、あれは確か一から作るのには何ヶ月もかかるのではなかったか？　確か友人が婚約者にドレスを贈るのに半年前から予約したなんていう話をしていた。

「……間に合うのか？」

「常識的に考えれば間に合いません。人気の仕立て屋ともなれば、数年単位で予約が埋まっている所も珍しくないのです」

「とにかく、伯爵家と付き合いのある服飾関係の店に片端からあたってみますわ。アイリス、デズリー、お願い」

ミシェルにそう告げられると、アイリスとデズリーは一礼して素早く部屋を出ていった。

「どこか引き受けてくれる店が見つかるといいのですが」

「アナスタシアを、体調不良で欠席させるという選択肢はないか？」

公爵令息の帰国を祝う夜会なのだ。当然公爵も、公爵令嬢も主賓としているだろう。

ドレスの問題もあるが、そもそもそんな場所にアナスタシアを連れていきたくない。

「流石にそれはよろしくないかと。陰で何を言われるか分かりません」

「そうか、そうだな……」

王太子と筆頭公爵家を敵に回す。

そんなことをすればこの国でまともに生きていけるとは思えない。

その上、この婚姻は悪い意味で貴族社会の注目を集めているのだ。少しでも隙を与えればそこを突いてくる輩は湧いて出るだろう。

「最悪は、既製品のドレスに手を加える形になるかと思います。新婚の伯爵夫人が、仕立てたドレスを着ていないなど……屈辱です」

ミシェルが悔しげに手を握り締めながら言った。

『最初から最後まで丁寧に扱われたことなんてないですよ』

フェアファンビル公爵令嬢が押しかけてきたあの日。そう言って何ともいえない笑顔を作っていたアナスタシアを思い出す。

もしかして、それも狙いの一つだったのだろうか。アナスタシアを引っ張り出すだけでなく、貴族社会で恥をかかせたかったのか？　だとしたら、何と意地の悪い。

今回の夜会は、建前上は王太子が親友である公爵令息の帰国を祝う内々の夜会だから過度の装いは不要となっている。そんなものを真に受けて出席すれば、大恥をかくというわけか。

アナスタシアがそのような夜会に出るためのドレスを持っていないことなど、嫁入り道具として持たせなかった公爵家の人間が一番分かっているだろうに。

「とにかく、できる限りのことはいたしましょう。仕立て屋が見つかっても、アナスタシア奥様ご本人がおられなければ、採寸もできません。急ぎお戻りいただかないと」

場の空気を変えるようにセバスが言う。

ここで私は閃《ひらめ》いた。わざわざ採寸しなくても、結婚式のドレスを作った時のサイズ表があるのではないか？

私だって、新しく衣装を新調する時に毎度わざわざ採寸したりはしない。

「セバス、結婚式のドレスを作った時のサイズ表があるのではないか？　アナスタシアを待たなくても先にドレスを作り始められるぞ！」

私が、いいアイデアを思いついた！　といわんばかりに声をあげると、ミシェルに無言で首を振られる。

「坊ちゃま、ドレスのサイズというのはとても微細なものでございます。紳士服のようにはまいりません。……それに、アナスタシア奥様がハミルトン伯爵家に嫁がれてから、健康的なお姿になられたのはお気付きになられませんでしたか？」

そういえば結婚式の時に、こいつ少し痩せ過ぎじゃないか？　と思ったことを思い出す。やはり元平民は貧相だな、などと今思えば酷いことを考えていたが……。

まさか、公爵家で十分な食事すら与えられていなかったのか!?

考えれば考えるほど、己の無知と公爵家の悪辣さに頭がクラクラしてきた。

「早馬をやるにしても、この時間に王都を出るのは得策ではありませんな。明日の朝一番に知らせを持たせましょう」

「では、その前にできることから始めておきますわ。ドレスに合わせる装飾品は……」

愕然《がくぜん》としている私の前で、テキパキと動くセバスとミシェル。

……あれ？　これ私は、役立たず……ではないか？

◆◆◆

お忍びで出掛けられるようになってからというもの、私とマリーは毎日のように街に出掛けていた。

街の人達の中にも顔馴染《かおなじ》みが増えて、みんなとても良くしてくれるのが嬉しい。

そして、実は数日前から私のお忍びのお供に、マリーと護衛以外に三人の精霊が加わっている。

なんと、王都から付いてきた精霊達と再会したのだ！

正確に言えば到着した日からワラワラと遊びにきていたあの精霊の大群の中にその子達もいたらしいのだが、何せあの数だ。私も気が付くことができなかったし、向こうもそれを主張してくることもなかった。

そもそも精霊には、そこまで《個》の感覚というものがないらしい。私が王都から付いてきた精霊達に気付けたことに、精霊達の方がとても驚いていた。

確かに精霊はそこまで顔立ちがしっかりしているわけでもなく見分けるのは非常に難しいのだが、何というか、色合いが少し違うのだ。

見分けるというより、感じるという方が近いかもしれない。

いつものように遊びにきた精霊の中に三人、王都で私を助けてくれた精霊にとても良く似た色合いの子達がいたのだ。

「もしかしてあなた達、王都で私を助けてくれた精霊さん？」

そう聞くと、精霊達はそれはそれは驚いてハシャギまわった。

〝当たりー！〟

〝凄いね、アナ！　僕たち見分けられたの初めて！〟

〝人間の移動は遅いね！　すっかりこっちの仲間に交ざって遊んでたよ〟

お喋りもパワーアップしていた三人の精霊達は、私にとってちょっと特別な精霊になった。存在を認識してお喋りするようになると、不思議なことに日に日に個性のようなものが生まれてくる。最近ではどんなに多くの精霊達に交ざっていても三人にはすぐに気が付くし、その三人の間でも、さらにそれぞれの見分けが付くようになっていた。

〝〝〝僕たちが、アナのボディーガードになってあげるね！〟〟〟

そう言って街にも付いてきているのだ。心強いことこの上ない。

そして、毎日街に通っているうちに新たな発見もあった。

確かに閉まっているお店が多いのだが、きちんと毎日開いているお店もあるのだ。しかも開いているお店には共通点がある。店主が壮年以上の年齢層だ。

つまり、伯爵領では若い世代ほど働かない。邸の使用人達も比較的高齢の者が多いな、と何となく思ってはいたのだが、これも偶然ではなかったのだ。

それこそ若い使用人なんて、ベーカーくらいのものである。

……そうか、十数年前からこの状況だとしたら、今の若い人達にとってはこの状況こそが普通なのか。

気付いた瞬間、思わず背筋がゾッとする。

このまま働かない人間が増え続け、宝石鉱山から原石も採れなくなったら、伯爵領は破綻まっしぐらだ。


「どうやったら若者達が働こうという考えになるか、ですか？」

自室でのお茶の時間、私はマリーとダリアに自分の考えを話してみた。

「食べるために働くとか、働くのが当たり前だ、という環境で育っていないと、何かしらの理由や目的がないかぎり《働く》という考えにならないのではないかと思うの」

「なるほど。しかもそちらの方が若者世代の共通認識になってしまっているということですね」

深く頷きながら返事をするダリアと、首を傾げるマリーのコントラストが面白い。

「奥様！　難しいです！」

分かったフリをせずに、分からないことをその場ですぐに聞けるのはマリーの美点だと思う。

「そうね。ではマリーは、小さい頃から仕事はするのが当たり前だと思っていた？」

「はい！　自慢じゃありませんが、うちの男爵家はそんなに裕福な方ではありませんでしたから。男爵である父も嫡男の兄も率先して芋を掘っていたほどです！　何なら私も掘っていました！」

　令嬢自ら芋を掘るって、それはそれで凄いな。

「では、周りに仕事をしていない大人が沢山いたらどうかしら？　仕事はしてもしなくてもいいもので、しなくても生活には困らないの」

「それは……。ちょっと想像が付かないですけれど、少なくとも仕事をするのが当たり前とは思わないですよね。したい仕事があればするけれど、なければしないかもしれないです」

　マリーは一生懸命考えて答えてくれた。頷きながらダリアも続ける。

「一般的な貴族家の令嬢がそれに当たるかもしれませんね。彼女達も働こうという発想に至るのは極一部だと思います。時代は変わりつつありますが、まだまだ現実はこんなものです」

　私は二人の話を聞いて、深く頷きながら言った。

「労働こそ正義、みたいな考え方の押し付けを領民にしたいわけではないの。私は下町育ちだから、その日の暮らしのために必死に働かないといけない人や、したくもない仕事をしなければならない人も沢山見てきたわ。身体を壊すほど働かないとご飯も食べられないなんて、それもおかしいと思う。でも、このまま働かない人間が増え続ければ、いつか必ず伯爵領は破綻するわ」

「難しい問題ですね」

「え？　全然難しくないですよ！」

私とダリアは少ししんみりと話していたのだが、マリーは明るく言い放つ。

「みんな楽しく無理なく働けばいいのです！　きっと、伯爵領の若い人達は働くことの楽しさと大切さを知らないのですよ。もったいないから、私、教えてあげます！」

マリーはにこにこと続ける。

「それから、後でマーカスさんに調べてもらってほしいのですが、私の予想では伯爵領の中でも農村部の若い人達はきちんと働いていると思いますよ」

私とダリアはキョトンと顔を見合わせた。

◇　◇

それから数日後。

「マリーさんの言った通りでしたよ！」

マーカスが沢山の書類の束を抱えて、私達のいるサロンに入ってきた。

「農村部の若い人達は働いているはずだって言っていた、あれ？」

「そうです。地域毎《ごと》の就業率や年齢層を調べた資料は元々あったのですが、先日もお話ししたように書類上はどこの地域の就業率も決して悪くないですからね。気が付けませんでした……！」

マーカスはマーカスで、働かない若者達については頭を痛めていたのだろう。自分では気付かなかった発見に少し興奮気味だ。

「人を遣って調査したところ、若者達もみんな毎朝きちんと起きて畑仕事をしているというのです！」

もはやマーカスは感動に打ち震える勢いだが、いや、それが普通だからね？

……いや、普通、ではないか。

私達がそれを普通だと思わされているだけで、毎朝同じ時間に起きて仕事に行ってしっかり働く、というのはとても大変なことなのだ。それを忘れてはいけない。

「それにしても凄いわね、マリー。どうして分かったの？」

「農業の習慣は、十数年やそこらじゃ廃れないからです。一つの土地を、作物が育つ畑にするのはそれはそれは大変なことなのです。それを知った上で先祖から受け継いできた土地を、『働かなくても食べていけるならいいか～、ポイっ』なんてできる農民はそういませんよ」

なるほど。しかし、農業とは大変だというイメージも大きい職業だ。大変な部分を目の当たりにして、後を継ぎたくないと思ったりしないのだろうか。

「農業を嫌がる若者も多いでしょう？　なんで畑を受け継いでくれたのかしら？」

「余裕があるから、じゃないでしょうか？　農業はその年の天候などに収穫量がかなり左右されるのです。そんな中で、毎年決まった税金を納め続けるのって凄く大変なのですよ」

マリーは、うーん、と考えながら話を続ける。

「そこへいくと、伯爵領は税金がタダみたいなものですからね。そこまで儲けや効率にこだわる必要がありません。親と一緒に当たり前のように畑仕事をして、収穫した物をみんなで楽しく食べる。時に自然の猛威にさらされることもありますが、それでも何とか協力して立ち上がる。そんな育ち方をした子ども達が畑を受け継ぐのは自然な流れなのだと思いますよ」

マーカスとダリアは、「そういうものなのか！」という感じでしきりに感心しながら聞いている。確かに、貴族階級の人間からしたら農民の暮らしなんて新鮮だよね。

いや、もちろんマリーも立派な貴族階級のご令嬢なのだけど、マリーのご実家の男爵家は、領民との距離が近いお家《うち》なのだろう。領主の娘がこれだけ農民の暮らしを理解しているのだ、きっと素敵な領地なのだろうな、と思った。

「それで……農村部の若者を参考に、どういう風にしていけば街の若者も働くようになりますかね？」

マーカスが期待した瞳を向けるが、マリーはキョトンとしている。

「それは分かりません」

「……へ？」

「私、閃きというか、気付くの専門なのですよ。あとは頭脳派の方の出番です！」

明るくそう言い放ったマリーにマーカスはポカンとしていたが、ふと首を横に振ると苦笑いしてこう言った。

「確かにそうですね。ありがとう、マリーさん。いい発見ができました！　ここからは私の出番です」

「私も考えるわ。話を聞いて思い付いたのだけど、子ども達に色々な職業を知ってもらう職業体験なんかを学校の授業に取り入れてみてもいいのではないかしら？　農業も是非体験してみてほしいわ」

「それはいい考えですね。まずは子ども達にどんな仕事があるのかを知ってもらい、働くことを身近に感じてもらうことが大切だと思います」

私とマーカスとダリアは書類を読みながら意見を交わす。

「子ども達へのアプローチはもちろんだけれど、今現在働いていない若者達のことも考えないとね……。大人の方が手強《てごわ》そうだわ」

三人で頭を悩ませていると、閃き担当が声を上げた。

「あ、ヒントになるかもしれないことなら他にもありますよ！　この後、お時間あるなら案内します」


そう言ってマリーが私達を連れてきたのは、街にあるケーキ屋さんだった。

お忍びの初日に来たタルトタタンのあのお店だ。

今日はきちんとお店も営業しているのか、その一角が甘い香りに包まれていて、マリーは通い慣れた感じで店内に入っていく。

「ジャーン！　改心した若者第一号！　凄腕《すごうで》パティシエのトムさんです！」

「改心したって……。なんか悪いことしていたみたいだから、そんな言い方はやめてよ、マリーちゃん」

苦笑いしながら奥から出てきたのは、二十代半ばの優しそうな青年だった。

「マリーちゃんが少し前に突然お店にやって来て、『何で昨日はお店を閉めていたの!?』って怒られた時はびっくりしましたよ」

ええっ、マリーそんなことをしていたの？

『スイーツを楽しみにしている乙女心を踏み躙るなんて許せません！　私が労働の素晴らしさを分からせてやります!!』

あの日、そう言っていたマリーの言葉が蘇る。まさか本当に突撃していたとは……。

「話を聞けば、その前の日に僕のケーキを食べにお店に来てくれていたとか。それは申し訳なかったな、と思っていたら、丁度店内でケーキを食べていた親子が言ったのですよ。『この子も、よくお店が閉まっていて泣くのですよ』って。その親子は笑いながら言っていたけど、僕は結構グサッときちゃって」

確かに、お店がしょっちゅう閉まっていたらそういうことも起きるよね。特に子どもは、楽しみにしていたことをそうそう我慢できないし。

「悲しいじゃないですか、僕のケーキを楽しみにして来てくれた子を、泣きながら帰しちゃうなんて。そういうこと、僕分かってなくて……。だから、これからは決まった時間はきちんと店を開けることにしたのです」

トムさんはそう言ってにこにこしながら店内を見る。喫茶コーナーでは何組かのお客さんが美味しそうにケーキを食べていた。みんなとても楽しそうだ。

「まぁもちろん、彼女とデートもしたいし定休日はきちんと作って休みますけどね」

うん、それも大事！

要は仕事と私生活の調和が大切なのだと思う。充実した仕事は、きっと人生に彩りを与えてくれるものの一つだ。

「さて、折角ここまで来たのでお土産にケーキを買っていきましょう！　ここのお店は、タルトタタンはもちろんフルーツケーキもチョコレートケーキも、ぜーんぶ美味しいですよ！」

話が落ち着いたところで、マリーが明るくまとめる。

「ぜーんぶ美味しいですよって、マリーあなたまさか、ここのお店のケーキ全種類食べたことがあるの⁉」

私に突っ込まれると、マリーはあわわっと慌ててこう言った。

「トムさんがちゃんとお店を開けているか、見守っていたのですよぅー！」

◇　◇

「奥様ー！　明日のお茶会の手土産は、モチモチドーナツでいかがですか？」

以前から私が参加したがっていた伯爵領の裕福な奥様方が開催しているというお茶会。私はそこで社交の一つとして織られている布に非常に興味があるのだが、先日マーカスがその奥様方にアポイントを取ってきてくれた。

そのお茶会の開催日がいよいよ明日に迫っているというわけなのだが……。

いやー、緊張する。これだけ豊かな伯爵領の中で富裕層なんていったら、とんでもなく豪奢《ごうしゃ》で煌《きら》びやかな世界が広がっているのではなかろうか⁉

楽しみなのは間違いないが、中身が未だ庶民な私にはドキドキである。

「そうね、ご婦人方にも珍しくて楽しんでいただけそうだし、感想も聞ければありがたいもの。そうしましょう。ベーカーに頼めるかしら？」

「はい！　むしろベーカーから売り込まれたのですよ。奥様方の感想を聞きたいって」

「まぁ、そうだったの。ベーカーは本当に研究熱心ね！　頼もしいわ」

ベーカーはあれからもずっとモチモチパンの改良に余念がなく、いまやモチモチパンは伯爵領に到着した次の日食べた物より、味も食感もバリエーションも格段にアップしている。モチモチドーナツはその進化版だ。

モチモチパンの生地の配分を少し変えて砂糖を加え、油で揚げてある。甘くてふんわり、でもカリッとモチモチの絶品ドーナツのでき上がりである。

これはイケる……！　売れる！

と、私は確信している。王都でモチモチ旋風が吹き荒れる日は近い。

翌日。私とマリーはいつもより少しおめかしした町娘風に装い、マーカスにお茶会が開かれるお宅へと案内してもらった。

おぉ！　思った通りの立派なお家！

到着したお家は、貴族の邸といっても十分通用するほど立派なお宅だった。お茶会の主催者であるこのお宅の夫人が、玄関の前でわざわざ待ってくれている。マーカスの紹介、ということで最大限の礼儀を尽くしてくれているのだろう。

マーカスとは玄関前で別れ、私とマリーだけがお家の中に入れてもらった。

「エイダよ。よろしくね」

主催者は、マダムという言葉がよく似合う四十代くらいのとても上品で華やかな女性だった。

「アナです。本日はご招待ありがとうございます」

「マリーです。こんな素敵なお家に招待していただいてとっても嬉しいです。よろしくお願いします！」

婦人達は思っていたより高年齢層の方が多く、年若い私達の参加を喜び、歓迎してくれた。

「ふふ、こんな若いお嬢さん達が私達の織る布に興味を持ってくれるなんて嬉しいわ」

エイダさんがコロコロと笑いながらそう言うと、周りのご婦人方も同意してくれる。

お茶会はとてもアットホームな雰囲気のものだった。

良かったー、貴族のお茶会みたいな感じだったらどうしようかと思った！

貴族のお茶会行ったことないけど。

正確に言うと実は一度だけあるのだが、あれはクリスティーナとその取り巻きによるネチネチ義姉貶めパーティーだったので、お茶会としてはカウントしていない。私の記憶からも抹消だ（参加者の顔と名前はしっかり心のメモに残してあるけどね！）。

私がそんなどうでもいいことをうっかり思い出している間も、マリーは楽しそうにご婦人方とお喋りをしていた。こういう時、マリーのコミュニケーション能力の高さには本当に助けられる。特に歳上《としうえ》に可愛がられるタイプのマリーは、あっという間にご婦人方の心を摑んでしまったようだ。

　早速近くのご婦人達に布の織り方を教えてもらってキャッキャとはしゃいでいるマリーを横目に、私はエイダさんとお話をすることにした。

　糸をどこから仕入れているのかなどの情報収集もしたいしね！

「うちの娘も、貴女《あなた》達みたいに布織りに興味を持ってくれればいいのにねぇ」

「こんなに素敵な布なのに、お嬢様は関心がないのですか？」

「そうね、着飾ることにはとても興味があるのだけど、その材料には興味がないみたいなの」

　エイダさんは肩を竦《すく》めるとそう言って笑った。

「私達も、折角曾祖母の時代からずっと受け継がれているこの布を失《な》くしてしまうのはもったいなくてこうして趣味として楽しんでいるのだけれど。段々と古いものは淘《とう》汰《た》されていってしまうのかもしれないわね……」

「そんな！　この布なら王都でも絶対人気が出るのに……失くしてしまうなんて本当にもったいないです。趣味ではなくて、たとえばきちんとした事業として技術を継承していくとか、そういったお考えはないですか⁉」

「まぁ、この布が?」

エイダさんは少し驚いた顔をすると、クスクスと笑い出した。

「そんな風に言ってくださってありがとうね。でもこんな、素人が織った布ですもの。王都で人気が出るなんて想像も付かないわ」

駄目だ。こんな小娘がそう言ったところでそりゃ説得力ないよね。

ここは伯爵夫人としてババーンと現れて、「この布は素晴らしいわ!」とか言った方が説得力あったかもしれない。あぁ、作戦ミスった。

「見てください! 私にも織れましたー!」

私が自分の作戦ミスを人知れず嘆いていると、お世辞にも上手とはいえないヨレヨレの布を手に、嬉しそうにマリーが駆け寄ってきた。

「あらあら、初めてにしては上出来じゃない!」

エイダさんもにこにこ顔だ。

「はい! 刺繍をしてハンカチにします。ちょっと見た目はヨレヨレですが、肌触りは中々のものですよ!」

渡された布を触ると、確かに気持ちの良い触り心地だった。

とはいえ王都で着ていた部屋着の肌触りに比べると雲泥の差で、やはり布を織る人間の技量も大切なのだなと痛感する。この技が、布が、廃れてしまうなんて……。

無理！　もったいなさ過ぎる!!

「あの！　失礼を承知でお願いがあるのですが、この布を売っていただけませんか!?」

エイダさんは、まぁ！　と驚くと目を丸くしている。

「わざわざお金なんて払っていただかなくても、こんな物で良ければいくらでもプレゼントさせてもらうわよ？」

違うのだ。プレゼントしてほしいわけではない。

この布は素晴らしい物だから、お金を払う価値がある。だからプレゼントしてもらうのではなくきちんと買い取りたい。

今後のことも考えて、必死にそう説明するのだが、いまいち本気にしてもらえない。

「お金を頂くなんてとんでもない。自分の作った物を喜んで貰ってもらえるのはそれだけで嬉しいことなのよ？」

と、エイダさんは笑っているが違うのだ。

この布の価値を、他でもないここにいるご婦人方に知ってもらいたい。

私がどうすればいいのだろうかと頭を悩ませている間にも、お茶会の話題はどんどん別のものへと変わってしまった。無念……。

ご婦人方からしたら、今日突然現れた若い娘の言うことを真に受けないのも当然だ。

これもまた今後の課題ということだろう。

……あぁ、課題がどんどん増えていく。

その後はご婦人方とお茶を飲みながら楽しいお喋りを沢山して、色々な話を聞かせてもらった。ご高齢のご婦人は先々代の伯爵時代にも詳しくて、興味深い話が沢山聞けたのは予想外の収穫だった。

お土産に持っていったモチモチドーナッツは大好評で、「貴族向けに販売するなら、一口サイズにして綺麗なピックに刺したらどうか？」とか「アイシングで模様を付けるといいのではないか」など、富裕層の女性ならではの洗練されたアイデアも沢山いただけた。マリーが熱心にメモを取っていたので、後でベーカーに渡すのだろう。

楽しい時間はあっという間に過ぎ、そろそろお開きという頃。

このまま帰るわけにはいかない私は、図々しいと思いつつも次のお茶会にも参加したい旨を伝えてみた。

「まぁ！　もちろん大歓迎よ！　ねえ、皆さん？」

「ええ、ええ、今日はとても楽しかったもの」

「ふふ、またアナちゃんとマリーちゃんとお喋りできるなんて嬉しいわ」

ご婦人方がみんな好意的に受け入れてくれて、心が温かくなる。

帰りがけ、綺麗に巻かれた布を持ってパタパタとエイダさんが駆け寄ってきた。

「アナちゃん、これ貰ってくれるかしら？」

はいっ、と渡された布はズッシリと重たくて、結構な長さがあると分かる。

「そんな！　頂くなんて申し訳ないです！」

「あら、だって私の布をとても気に入ってくれたのでしょう？　貰ってくれたら嬉しいわ！　それとも、私、お世辞を真に受けちゃったかしら？」

そう言って小首を傾げて悪戯《いたずら》っぽく微笑むエイダさん。なんてチャーミングなマダム！　二十年後は私もこうありたい。

……じゃなくて！　困ったな。これでは受け取らざるを得ない。

「ありがとうございます。……あの、せめて今度何かお礼をさせてくださいね？」

私が布を受け取ってそう言うと、エイダさんはコロコロ笑いながら言った。

「アナちゃんとマリーちゃんがまた来てくれるのが一番お礼になるわ！　みんな今日はとても嬉しそうだったから。いつも同じメンバーでばかり集まっているから、新メンバーは大歓迎よ」

迎えの馬車に乗り込み、門の前で手を振ってくれるエイダさんに手を振り返す。

「奥様、お茶会楽しかったですね！」

「本当ね。皆さん素敵な方だったわ」

街の中をゆっくり馬車で走っていると、以前アップルパイを食べた綺麗な公園が見えてきた。相変わらず沢山の領民達が楽しそうに過ごしている。

「アナお姉ちゃーん、マリーお姉ちゃーん！」

私達の馬車を見つけた子ども達が、手を振りながら嬉しそうに追いかけてきた。

お忍びで街に出ている時に、何回か一緒に遊んだことのある子ども達だ。

「馬車を止めてくれるかしら？　少し公園に寄ってもいい？」

きちんと護衛に了承を得てから馬車を降りる。マーカスとの約束なので護衛は必ず一人ついているのだが、荷物さえなくならないこの伯爵領で果たして本当に護衛は必要なのだろうか？　それに……。

〝やっほー！　アナー！〟

〝見て見てー〟

〝こちら満員でございまーす〟

もうすっかり見慣れてしまったが、今日も今日とて伯爵領には精霊達が溢れている。

特に邸の庭と公園は精霊の人気スポットらしい。誰かがベンチの上に置いた帽子の中に、何故か山盛りの精霊達がおしくらまんじゅうのように詰まってキャッキャと遊んでいるのだ。いつもの三人の精霊も私の側を飛んでいるし、ハッキリ言って私の守りは異常に堅い。

護衛の皆さんには無駄な仕事をさせているようで心が痛むが、これぱっかりはしょうがないよねぇ。

「私には精霊の守りがあるので護衛は結構です！（キリッ）」

なんて言ったら、ヤバい人認定は確実だ。

「二人とも今日はまた一段と可愛い格好して、どこかお出掛けだったの？」

精霊達を見てぼんやり考えごとをしていると、公園にいたお母さん達に声をかけられた。この時間帯の公園は、小さな子ども連れの若いお母さんが多い。

「その先にある、エイダさんのお邸に行っていたのです。お茶会にお呼ばれしまして」

私がそう説明すると、お母さん達の間に感嘆の声と溜め息がもれた。

「素敵！　いいわねー、私達も一度でいいからエイダさんのお邸にお呼ばれされてみたいわ」

「本当、憧れるわよねぇ、エイダさん！」

やはりエイダさんは住民達の中でも憧れの存在らしい。うんうん、素敵だもんねぇ。

「ジャーン、見てください！　教えてもらって、この布私が織りましたー！」

マリーが得意げにみんなの前に布を広げる。

「わー、羨ましい！　私も織ってみたいわぁ」

……織ってみたいですと？

『……折角曾祖母の時代からずっと受け継がれているこの布を失くしてしまうのはもったいなくて……』

『新メンバーは大歓迎よ』

先ほど聞いたエイダさんの言葉が耳に蘇る。

……これは、イケるかも⁉

上手くいけば、ウィンウィンウィンくらいいけそうな考えに私が興奮していると、子ども達にぐいぐいと手を引っ張られた。

「アナお姉ちゃん、遊ぼうよー！」

「いいよ、何して遊ぶ⁉」

いい考えを思い付いてご機嫌な私がそう答えると、子ども達は声を揃えて言った。

「鬼ごっこ！　お姉ちゃんが鬼ね！」

「よーし！　全員捕まえちゃうぞー！」

「きゃーっ」と言って公園の中を散らばっていく子ども達を追いかけて私が走り出そうとしたその時。

背後から聞き覚えのある声がした。

「おいおい、いくら何でも馴染み過ぎだろう……？」

◆　◆　◆

忙しそうにしている使用人達を傍目《はため》に、何をして良いか分からない私はとりあえず私室に戻ることにした。

自分で言うのも何だが……多分ここにいても邪魔だ。

スゴスゴと部屋を出ていく私に気が付いたセバスが、後ろから追いかけてくる。

「坊ちゃま、明日の朝には領地に向けて早馬を出します。アナスタシア奥様にお伝えしたいことがあれば、それまでにまたお手紙をご用意ください」

「ああ、分かった。ありがとう」

私室に戻った私は、早速引き出しからレターセットを取り出した。

しかし、前回と同じ便箋というのは流石に脳がないのではなかろうか？

ゴソゴソと引き出しの中を探りながら、アナスタシアに書く手紙の内容を考える。

今度こそまともな手紙を書きたい。

伝えたいことは沢山ある気がするのに、まず出だしからして何と書けば良いのか分からず、結局前回はあんな手紙になってしまったのだ。

あれでは子どもが書いた《初めてのお手紙》だ。

深い溜め息をつき、逃げ場を求めるように部屋の中をキョロキョロ見回すと、ふと机の上の缶が目に入った。蓋を開けると、クッキーがまだ数枚だけ残っている。

思いのほか気に入って、保存のための魔石まで入れてちびちび食べていたのはここだけの秘密だ。

なんかこのクッキー、たまに減っている気がするのだが……。

そんなわけはないのにそんな風に感じてしまうとは、よほどこのクッキーがなくなってしまうのが惜しいのだろうか。

自分はそんなに食い意地が張っていたか？　と不思議に思いながらも、残ったクッキーを口に入れる。

「うん、やっぱり美味いな！」

私が一人満足していると、視界の端を、小さな小さな光がふよふよと掠《かす》めた。

「む、またか。最近どうも目の調子が良くないな」

ここのところ、たまに先ほどのような光がチラチラと視界に入ることがある。念のために伯爵家の侍医に診てもらったが、目に異常はないので恐らく疲れ目だろうとのことだった。

「……！」

「…………!!」

何やら階下が喧《やかま》しい。アイリスとデズリーが戻ってきたようだが、ドレスの予約が取れたのだろうか？

慌てて階下へ降りると、皆の顔色が良くないことに気が付く。

「何かあったのか？」

「伯爵様、それが……。ドレスが、ないのです」

「？　それはもう聞いたぞ？　だからこれから急いで仕立てるのだろう？」

アイリスとデズリーは、揃って首を左右に振った。

「仕立てを引き受けてくれる店が見つからないどころの話ではありません。既製品のドレスでさえ、店にないのです」

「？　そんなことがあるのか？」

「通常あり得ません。話を聞くと、ここ数日で慌ててドレスを買い求める貴族家が何件も訪れたようで……」

デズリーの言葉を聞いてハッとする。

突然の夜会でドレスの準備が間に合わないのはうちだけではないということか？

説明を求めるようにセバスを見ると、セバスが頷いて話し始める。

「高位貴族や財力のある家であれば、突然の事態に備えて衣装の備えはあるものです。しかし、普通の下位貴族ともなればそうではありません。家によっては定期的に開催される王家主催の夜会の準備でさえ重い負担になるのです。今回の夜会は予想だにしないものでしたので、既製のドレスを買い求める家が多かったのでしょう。店側としてもドレスは高価な品です。そこまで多くの在庫は抱えません。急な需要に追い付かず、品切れを起こしたのでしょう」

「……うちが出遅れた、ということか？」

「その点についてですが、馴染みの洋品店で聞き捨てならない話を聞いたのです」

おずおずとアイリスが話し出す。アイリスは他の使用人達より大人しいイメージがある。こんな風に私の前で自ら発言するのは珍しい。

「ドレスが急に売れ始めたのは三日ほど前からだと。話を聞く限り、他家にはその頃に招待状が届いていたようなのです」

「⁉」

それは……わざとうちには招待状を遅れて出したということか？　そこまでして他人を貶めようとする人間がいるのか？

ふと見ると、ミシェルが悪鬼の如《ごと》き形相で怒気を漲《みなぎ》らせている。こわい。

「とにかく、ここであれこれ言っても仕方がありません。今からでもできることを皆で考えましょう」

セバスがミシェルの肩をそっと叩く。

暫くの間沈黙が続くが、妙案というのはそう簡単に思い浮かぶものではない。

「あの、いっそ領地でドレスを作るというのはどうでしょうか……？」

少し震える声で言うアイリスに、皆が一斉に振り返る。急な注目を浴びて驚いたのか、ピャッ！　となったアイリスはデズリーの陰に半分隠れてしまった。

「領地で……」

皆がそれぞれに考え込む中、落ち着きを取り戻したミシェルが言う。

「それはあり、かもしれませんわね」

それからはまた使用人達の動きは早かった。

「領地にある、腕の確かな仕立て屋を何軒かリストアップします」

「ソフィア様がよく領地でドレスを仕立てていらしたわ。その頃のことを知る使用人が領地の邸にいるはずです。手紙の用意を！」

「予定通り明日の朝一番で早馬を出しましょう。マーカスへ指示書を作成します」

パタパタと動く使用人達を前にただ立っているだけの私は、本当にこの家の当主か？　いつの間にか握り締めた拳に、爪が食い込んでいることに気が付く。

——悔しい。

「……セバス」

「どうされましたか？　坊ちゃま」

どんなに忙しくしていても、私が呼べばいつでも真っ先に笑顔で振り返る。

ああ、セバスにとって、私はまだ子どもなのだな。

「セバス、早馬はいらない」

「は？」

「——私が行く」

そして翌日からの二日間、私は馬を飛ばした。途中の街で馬を変え、数時間の仮眠の後またひたすら走る。スピード最優先のため、護衛も馬術に長《た》けた者を一人だけ付けるという、おおよそ伯爵には似つかわしくない旅路だった。

そして、ようやくハミルトン伯爵家の領内に入った辺りで私は異変に気が付いた。最近視界をチラついている例の光の数と頻度が明らかに上がっているのだ。昔はこれくらいの早駆けで疲れることもなかったのだが、最近運動不足なのかもしれない。

帰ったらもう少し身体も鍛えるか……。

そんなことを考えながら領地の邸に向かって馬を走らせていると、明らかに光が集まっている方向があることに気が付く。

これ、疲れ目ではないのではないか？　というか、この光はアナスタシアの……。

馬から降りて護衛に託すと、光に導かれるように自然と足が一つの公園へと向かった。子ども達の楽しそうな歓声が響く中、聞き覚えのある声がする。

「よーし！　全員捕まえちゃうぞー！」

――見つけた。アナスタシアだ。

第三章　近付いていく距離と精霊の力

こ、この声は…まさか⁉

慌ててガバッと後ろを振り返ると、やはりそこには久し振りに見る仏頂面があった。

――だ、旦那様⁉　旦那様が何故ここに？

「だっ……！　……あなた？」

驚きのあまり「旦那様⁉」と叫びそうになったが、何とかすんでのところで思いとどまった。今のお忍びの私が使う言葉として「旦那様」はかなりおかしい。

「……その呼び方、まだ生きていたのか？」

不満げな顔をした旦那様は、久し振りに会えたのに他にもう少し言うことはないのか、とか、だったら名前で呼べばいいじゃないか……とか何とか、小さな声でブツブツと言っているけれど、今はそんなこと気にしている場合ではない。

何故なら、

――旦那様が、一切忍んでいないから！

そう、素顔丸出しである。

こんな楽園のような領地で暮らせているのだ。ハミルトン伯爵領の領民達は、自分達の領主である伯爵様のことをそれはそれは慕っている。どれくらい慕っているかというと、学校や病院に伯爵様の姿絵が飾られているほどだ。

だから領民達は伯爵様の顔をよく知っている。よく知られているにもかかわらず、今まさにこの人はそのご尊顔を存分に晒《さら》しているのだ。

旦那様一人が身バレするというのならまだいいが、こんな状況で見つかってしまえば芋づる式に私の身元もバレかねない。折角色々いい感じで進みそうだったのに、今ここで台無しにするわけにはいかないのだ。

幸い何故か旦那様はいつもの貴族スタイルではなく旅装束のような物を着ていて、マントにはフードも付いている。若いお母さん達がいかにも興味津々といった感じでこちらを見ているが、この格好だし、まだ伯爵様だとは気付かれていないはず！

私はダッシュで近付くと、飛び掛かるようにして旦那様にフードを被せた。

できるだけ顔が隠れるようにと、フードを下にグイグイ引っ張る。

「痛い痛い痛い！　やめろアナス……」

「わあぁぁぁー‼」

普段あれだけ人のことをお前だ何だと言っていたくせに、よりによってこんなところで本名を呼ぼうとするとは！

「(やめてください！　ここではアナです！)」

「お、おお、そうか。すまない」

素直に謝る旦那様。

ん？　旦那様、何か少し雰囲気変わった？　服装のせいかな？

「久しいな。変わりはないか尋ねようと思っていたが、随分変わったようだな」

旦那様は苦笑しながら私の姿を見る。今の姿はどこからどう見てもその辺りにいる町娘なのでそう言われるのも無理はないのだが、私としては旦那様の話し方がお貴族様っぽくてハラハラしかしない。

「ところで、先ほどからこの辺りに飛んでいる光……」

「だめぇぇーー!!」

駄目だ！　この人余計なことしか言わないよ!?

私は子ども達に謝りお母さん方に手を振ると、急いで旦那様を馬車に押し込める。

「旦那様！　街に出られるならもう少し街に馴染む努力をしてくださいませ！」

「いや、私は別に街を散策したかったわけではないのだが……」

そう言われて、改めて旦那様の見慣れない旅姿と何の前触れもなく領地に現れた事実に違和感を覚える。

「……何があったのですか？」

「ああ、急ぎ伝えなくてはいけないことがあってな。とりあえず、邸に戻ろう。話はそれからだ」

私達の様子を察して馬車の外で控えていたマリーも馬車に乗せ、聞けば馬でここまで来たという旦那様の代わりに私達に付いてきていた護衛の人に馬に乗って帰ってもらうことにした。

旦那様は危険人物なので馬車からは出さない。このまま邸に連行だ。


「ユ、ユージーン様！　一体どうされたのですか⁉」

突然現れた当主の姿に、マーカスが邸の中から飛び出してくる。無理もない。当主が何の前触れもなく領地にやってくるなんて非常事態以外の何物でもないのだ。

「ああ、実は少し困ったことになってな。王太子殿下が急な夜会を開催されるとの知らせが来たのだが、正式にアナスタシアも招待されている。夜会は二月後だ」

「……それは、また……」

私は「夜会？　何だそんなこと？」と思ったのだが、それを聞いたマーカスの様子がおかしい。横で聞いていたマリーとダリアも心なしか蒼い顔をしている。

え？　え？　これってそんなマズいことなの？

「問題は山積みだが、一番はドレスが間に合わないことらしい。王都の邸の者達から状況をまとめた物や手紙を預かってきた。急ぎ確認してくれ」

そう言うと旦那様は書類や手紙がギッシリと詰まった布袋をマーカスに手渡した。その量の多さが事態の深刻さを表しているようで、私はゴクリと唾を飲み込む。

「かしこまりました。ユージーン様はさぞかしお疲れでしょう。少し休まれますか？」

「いや、時間は一刻でも惜しいのだ。着替えだけ済ませてくるから、邸の皆にも準備してサロンに集まるように言ってくれ」

足早に階段を上っていく旦那様が、途中でくるりと振り返った。

「ではまた後でな、アナ」

マーカス、ダリア、マリーの三人が凄い勢いで一斉に私を振り返る。その表情には驚きが隠しきれていない。

いや違う、旦那様。ここでは普通にアナスタシアでいいのですよ。

これじゃまるで愛称で呼ぶ仲良し夫婦みたいじゃないですか！

……でも、まぁ。

お前って言われるよりは嬉しいから、いいことにしておきましょうか。

私とマリーが支度を整えてサロンへ向かうと、既に着替えた旦那様が邸の使用人達に囲まれていた。旦那様は最近あまり領地に帰っていないと言っていたから、恐らく久し振りであろう当主の帰還に古株の使用人達が喜ぶのも無理はない。

マーカスの話だと旦那様は幼少期の長い期間を領地で過ごしたそうなので、その頃を知る使用人達にとっては、やはり旦那様は《大事な坊ちゃま》なのだろう。

私に気が付いた旦那様は、使用人達に一言二言何か伝えるとこちらへ向かってきた。側まで来ると、私の顔をまじまじと見つめながら言う。

「凄いな。もう元通りの色に戻っている。さっきのが魔石を使った変装なのか？」

ああ、私の髪と目の色が元に戻っていることに驚いたのか。

今回のお忍びで使っていたあの魔石は、マリーが街の専門店で買い求めてきてくれたものだ。髪や瞳の色を変えたいというのは割と多い要望らしく、手に入れるのはそれほど難しくなかったらしい。ただ、今回の魔石は以前私が使っていたものとは違い、体から離すとすぐに元に戻ってしまう。

聞けば、むしろ以前の物のように体から離しても一定時間効力を保てる魔石の方がよほど貴重なのだとか。

そんな貴重な魔石を叩き割った公爵家の私設騎士団、許すまじ。

私がそれらのことを掻《か》い摘《つま》んで説明すると、旦那様は感心したように頷いた。

「なるほど。アナの両親はそう簡単にアナの正体を悟られないように、そのような貴重な魔石を使ったのだろうな」

確かに、一瞬ペンダントが外れただけでいちいち髪色が変わっていたら私の正体はもっと早くに露見していただろう。お風呂の時とか外していたし。

そんな貴重な魔石なら手に入れるのも大変だっただろうに、あの魔石には私が思った以上に両親の想《おも》いが込められていたのかもしれない。

公爵家、マジ許さん！

公爵家への怒りを再確認したところで、旦那様に本題を尋ねる。

「旦那様、魔石の話はこれくらいにして、何があったのかご説明いただけますか？」

「ああ、先ほど使用人達にも簡単に説明したのだが、とりあえずこれを見てくれ」

旦那様が差し出したのは、絢爛豪華《けんらんごうか》な封筒に入れられたなんだか凄そうな招待状だった。ご丁寧に宛名に私の名前もある。

こういった招待状は普通その家へ向けて送るものなので、個人を指名して招待してくるのにはそれなりの訳があるのだが、今回の場合の目的は言わずもがなだろう。

通り一遍の内容しか書いてないだろうと思いつつも招待状を読み進める私の目に、「我が友、アレクサンダー・フォン・フェアファンビルの帰国を祝い……」という一節が入ってきた。

──アレクサンダーお義兄様《にいさま》が帰国するのね！

招待状を読んでいた私の目が輝く。アレクサンダーお義兄様は、フェアファンビル公爵家で唯一私に優しくしてくれた人だ。

私が公爵家に引き取られた時にはお義兄様は既に隣国に留学していたので、直接会ったことがあるのはたったの三回。それでも何かあれば自分を頼れと言って連絡先を渡してくださったのだ。あの頃の私は人の優しさに飢えていたので非常に嬉しかった。

まぁ結局私の書いた手紙は一切届いていないようだったし（直接お会いした時に確認したら、お義兄様は手紙の存在すら知らなかった）、途中からは厳しく叱責され手紙を書くことも許されなくなったのだが。

最後に会ったのは確か伯爵家に嫁ぐ半年も前で、そこからは音信不通だ。

「……何か喜ぶような要素があったか？　夜会に憧れでもあったのか？」

旦那様が不思議そうに首を傾げている。

「いえ、そういうわけではないのです。アレクサンダーお義兄様がお帰りになるのだな、と思っただけで」

「そうか、アレクサンダー殿は義兄にあたるのか。……その、なんだ。アナが嬉しそうに見えたのだが……、その、アレクサンダー殿とは親しくしていたのか？」

何故かソワソワと聞いてくる旦那様。

「公爵家の他の方達に比べると親切にはしていただきましたが、直接お会いしたことがあるのは三回だけなので、親しく……と言われると、そんなことはございませんね」

「そ、そうか！」

？　やっぱり旦那様、何か変じゃない？

その後、旦那様から王都で何があったのか、何故領地でドレスを作ろうとしているかの説明をしてもらった。間違いなく黒幕はクリスティーナだろう。

私に恥をかかせたいという一心でここまでするとは……。そんな時間と熱意があるのなら、是非とも公爵領の領民達の生活向上のために注いでほしい。

「アナにはミシェルから手紙を預かっている」

と、旦那様から紙の束をドサッと渡された。

これが手紙!?　論文とかの間違いじゃなくて？

恐る恐るページを捲るとミシェルの達筆な字で指示やアドバイスがギッシリ書かれているのが見えて、「ひょえー」と変な声が喉から漏れそうになったが何とか耐えた。ドレスに関しては私にできることは少なく、採寸をしてからは絶対にそのサイズを死守するように、と書かれている。

その代わり私には夜会の準備が山積みだった。

まず夜会でのマナー。振る舞い。覚えておくべき人物の名前と顔。話題になりそうな流行。逆にしてはいけない話や、知っておくべき他国の宗教上のタブーなどなど。詳しくは参考資料を見て覚えるように、と書かれていて、参考資料を見るとその分厚さに眩暈《めまい》がした。論文が辞典にパワーアップだ。

――でもこれ、纏めた方も相当大変だったよね？

旦那様の話だと、招待状を受け取った次の日の早朝には旦那様が馬で王都を発ったのだ。たったそれだけの時間でこれだけのものを書き上げるなんて、一睡もしていないに違いない。論文はミシェル一人の筆跡だが、辞典の方は何人かの筆跡が交ざっている。きっと王都の使用人達が総出で準備してくれたのだろう。

横を見れば領地の使用人達も「奥様のために最高のドレスを作るぞー！」「おー！」

と盛り上がっている。

……ここでやらなきゃ女が廃る！　マルッと全部、覚えてやろうじゃない！

私がサロンの一角で早速辞典と睨めっこをしている間も、使用人達はテキパキとそれぞれの仕事をこなしていく。

やはりドレスを仕立てるのが一番の急務なようで、既に何人もの使用人が手分けして数軒の仕立て屋へ向かっていった。

「ねぇマリー、やはりドレスを仕立てるというのは大変なことなのかしら？」

「そうですね。王都の人気の仕立て屋だと数年待ちも珍しくないですよ！　ドレス一着の仕立てにも数ヶ月はかかりますし。貴族女性にとって、より美しく豪華なドレスを着ることが権威の象徴にもなりますからね。各家こぞってドレスを仕立てるのはそのためです」

「そう……私一人の問題ではないのね」

正直、私個人にドレスに対するこだわりはない。確かに綺麗なドレスを見ればときめくし、少女時代には貴族のお姫様が着るようなドレスに憧れもした。

しかしながら実際私が目にした貴族社会は、そんな美しさとは正反対の魔物が跋扈《ばっこ》するドロッドロの汚泥のような世界だった。そんなドロッドロの汚泥に生息する有象無象が競うようにドレスを着たって美しく見えるわけがない。

いつしか、綺麗なはずのドレスまで色褪《いろあ》せて見えるようになってしまったのだ。

「……普通はきっと、自分のためのドレスを仕立てるなんて心が浮き立つものなのでしょうね」

「浮き立たないのか？」

思わずポツリと呟いてしまった独り言に返事があって、座っていた椅子から少し飛び上がるくらい驚いた。

心じゃなくて尻が浮いたわ！

「こんな形で仕立てることになったのは残念だが、まぁその、こ、婚姻を結んでから初めてのドレスだからな！　時間はないが、予算には糸目を付けなくとも好きなドレスを作って良いぞ？」

何故か力説する旦那様。何故に旦那様が私のドレスにそんなに力を？

ああ、そうか！　さっきマリーも豪華なドレスを着ることが権威の象徴にもなるって言っていたアレですね。国有数の資産家、宝石鉱山持ちのハミルトン伯爵夫人が新婚早々みっともないドレスなんて着ていたら、面子《めんつ》が丸潰れになってしまう。

そうと分かれば、私もドレスのお披露目に協力しなければ。

ビジネスパートナーとして、伯爵夫人のお仕事はしっかりこなして見せますわ！

「安心してください、旦那様。私はドレスには詳しくありませんので直接仕立てに関わることはできませんが、しっかりと伯爵夫人に相応しいドレスを仕立てていただき、バッチリ着こなして見せますわ！」

「お、おお……？」

ミシェルからの論文には、夜会でドレスを纏った状態で美しい姿勢をキープするのは中々に大変なので、これから筋トレにも励めと書いてあった。

貴族令嬢、実は影の努力が凄いな。

そうだ、これから勉強する時は、こっちの辞典に書いてあった座りながらでもできるお勧めの筋トレ、《足を床から五センチ離してキープ》を並行しよう。時間は有効活用せねば！

再び辞典と睨めっこしながら、足を床から離して筋トレも兼ねる私。

今度は心じゃなくて足が浮いちゃったな。

旦那様は今度はプルプルし始めた私を見て不思議そうにしていたけれど、マーカスに呼ばれて隣のテーブルへ戻っていった。

旦那様もお仕事頑張ってくださいね！

それから少し時間が経ち、私の目がシパシパして腹筋が限界を迎えた頃、一人の使用人がパタパタとサロンに駆け込んできた。

「伯爵様！　仕立て屋の予約が取れましたわ！　ソフィア様のドレスを何度も仕立てたことのある、経験豊富な仕立て屋です」

「おおっ、やったな！」

「時間がないので、直ぐにでもデザインの打ち合わせに入りたいと。ならば邸での打ち合わせにそのまま合流してもらおうと、仕立て屋の主人と職人、専属のデザイナーの三人をそのまま連れてまいりましたわ」

仕事早いな！　仕事の打診に行ってそのまま職人連れて帰ってくるとか、今の状況は想像以上に時間がないのね……。

「そうか、ではドレスのデザインの打ち合わせを直ぐに始めよう。場所は客間で良いな。ダリア！　頼んだぞ」

「お任せください、伯爵様」

ダリアがその場にいた数人の使用人と共にサロンから出ていく。

手には私の物と同じくらい分厚い論文を抱えていた。恐らくミシェルの書だ。

「まぁ！　ドレスの仕立ての指揮はダリアが執っているのね」

「ダリアさんは王都の流行にも詳しいですし、センス抜群ですからね。適任だと思います！　ご実家の子爵家は化粧品で人気の商会をお持ちですから、そういった情報に詳しいのです」

なるほど。確かにダリアの私服はいつも洗練されている。

「残念ながら私では、ドレスに関してはお役に立てそうにありません……」

マリーがショボンという効果音が聞こえそうなほど肩を落としているが、こういうのは適材適所で良いと思う。

マリーにはマリーの良さがあるし、ダリアにはダリアの良さがある。

むしろこんなにタイプの違う二人の侍女に恵まれた私は幸運だ。

「いいのよ、マリーには他に活躍してほしいことがあるの。マリーには、マリーの、ダリアにはダリアの良さがあるのだから、こういうのは適材適所でいきましょう！」

「他に活躍してほしいこと……ですか？」

「ええ。こうなった以上、私は伯爵夫人として仕立て屋さんや関係業者の方に会わないといけないでしょう？　覚えることも山積みだし、とても残念だけれど、今までのように街に行くことができなくなると思うの」

もう既に邸に来ているという仕立て屋達に関しては、その人達が町娘アナと面識がない人間であることを願うしかない。そして、これから伯爵夫人として人前に出ることが増えるならば、町娘アナは大人しくしていなければいけないのだ。

「折角色々いい感じに進んでいたのに、ここで止めたくないわ。だからマリーにお願い。私の代わりに街でしてほしいことがあるの」

マリーは目を輝かせるとコクコクと頷く。

「お任せください！　奥様！」

よし、早速作戦会議だ！


「奥様、ちょっとよろしいでしょうか？」

私とマリーが作戦会議をしているところにダリアがやってきた。

「今、仕立て屋の方達とデザインの方向性についてお話ししていたのですが、奥様のご意見もお伺いしたいと思いまして」

「まぁ、ありがとうダリア。でもごめんなさい、私はドレスについての知識があまりないの。お役に立てないと思うわ」

私が困ったようにそう言うと、ダリアはにっこり笑ってこう言ってくれた。

「知識なんてものは、後からでも付いてきます。まずそれよりも大切なのは、本人がそのドレスを好むかどうかです。どんなに素晴らしいドレスでも、着ている本人がそれを好まなければ不思議と身体に馴染まないものなのです」

……なるほど。

「確かにそうね。お気に入りの服を着ると、何だかとてもしっくりくるもの。きっとそういうことね」

「はい」

私とダリアがそんな話をしているのを横で聞いていたマリーは、ササッと小さなポーチを取り出す。

「では、客間に行かれる前に五分お時間を頂けますか？　少しだけお化粧直しをしますので」

私達が了承すると、マリーは説明しながら素早く手を動かしていく。

「仕立て屋さん達が、街でお忍び姿の奥様を見かけている可能性もありますからね。髪色と瞳の色が違うだけで随分雰囲気は変わりますが、それに加えてお化粧と髪型で印象を変えればほぼ同一人物とは気付かれないと思いますよ！」

可愛くアレンジして結ばれていた髪を解いて上品なハーフアップに。目元のメイクに色を足し、口紅を淡いピンクから落ち着いた赤に変える。

たったそれだけのことで、確かに印象はかなり変わった。これなら町娘のアナを見かけたことがあっても、かなり親しく話したことがあるレベルでないと、今の私と同一人物とは気が付かないだろう。化粧って奥が深いなぁ。


私とダリアが客間に入ると、立ち上がって深く頭を下げた状態で仕立て屋さん達が待っていた。ダリアが頭を上げるように促すと恐る恐るといった感じで顔を上げてくれたのだが、私と目が合うと完全に固まる。

やっぱり珍しいか……。金色の髪。

私の金色の髪を見た人間は、最初の一瞬、ほぼ絶対に息を呑む。

そしてその後は、気を取り直して私の育ちを貶めてきたり、紅茶を投げつけてきたり、曖昧なリアクションで逃げていったりと様々なのだが、今回は石化バージョンだったようだ。

ぼんやりと私を見つめていた三人のうちの誰かが、

「……ほんとに、女神だ」

と呟いた。

そこら辺にある布をほっかむりにして走って逃げずに、「まぁ嫌ですわ、ふふふ」と笑えた私を、誰か褒めてほしい。

ダリアと使用人達が空気を切り替えてくれて、何とか打ち合わせが再開される。

「いやあ……失礼しました。何せ高貴な方にお目にかかる機会など滅多にない田舎者でして。奥様のあまりの美しさに圧倒されてしまいました」

ひぃぃ、やめて！

どうやら私は、貶められ耐性より褒められ耐性の方がないことが判明した。我ながら嫌な進化を遂げたものだ。

「しかし実際に奥様にお目にかかると、確かに先ほどダリアさんが言われていたように正統派なドレスが良さそうですね」

「ドレスはあくまでシンプルに、奥様の美しさを引き立てるデザインで。ディテールと品質に拘《こだわ》りましょう」

「ドレスのコンセプトは正統派クラシカルで決まりですね。奥様がお召しになれば、まるで王族かのような気品溢れるお姿になられますよ！」

どこまでも難易度を上げるのをやめてください、泣きそうです。

そんな私の気持ちをよそに打ち合わせが盛り上がる中、話に合わせながらデザイナーさんは何枚ものラフ画を描き上げていく。プロって本当に凄い。

　時々私にも話を振ってくれるのだが、無難な相槌《あいづち》を打つのが精一杯だった。ダリアはああ言ってくれたけど、やっぱり知識もなく口を挟むのは中々に勇気がいる。

「奥様、コンセプトなどはこちらで決めさせていただきましたが、実際のドレスのデザインには是非奥様のお好みをお聞かせください。この中にお好きな雰囲気のものはございますか？」

　ダリアはそう言うと、先ほどデザイナーさんが描き上げたラフ画を何枚か持ってきてくれた。恐らくダリアが事前に私があまり派手なものや露出が激しいものを好まないことを伝えてくれていたのだろう。渡されたデザインは、どれになっても良いと思えるくらい素敵なものばかりだ。

　安心して数枚紙をめくるうち、一つ、とても心惹《ひ》かれるデザインのドレスに出合う。

「ダリア、私これ……好きだわ」

　自分のセンスに自信はないし、自分が好きだと感じたものを誰かに伝えるのも、随分久し振りのことだ。

　それでも勇気を出して思い切ってそう言うと、何だかふわっと心が暖かくなった。

「そうですね。素敵です。奥様に絶対お似合いですよ」

ダリアはにっこり微笑むとそう言ってくれる。

「このデザインは私も会心の出来だと思っています！　奥様のお姿を見た時に湧いてきた魂の感動をデザインに込めたのです！」

「うん、このデザインなら素材はシルクを贅沢に使って、スカートに張りを持たせると美しいですね。店にあるシルクの在庫を至急確認させましょう」

シルクを贅沢に……す、凄いお値段になりそうだけど、旦那様も予算に糸目は付けないって言っていたし、大丈夫かな？　むしろ高価な方がいいくらいなのかしら？

どうにも伯爵家の金銭感覚が身に付かなくて、ついソワソワしてしまう。

シルクかー、シルク、シルク……シルク！

私がガタッと立ち上がったので、みんなが驚いた顔をしてこちらを振り向く。

「あら、ごめんなさいね。ちょっと思い付いたことがあって。皆さん少しお待ちいただけるかしら？」

私はそう言うとソソソッと部屋から出て、そこからは小走りに自分の部屋に戻る。

エイダさんから貰ったあの布。

――私、あの布でドレスを作りたい！

私がエイダさんから貰った布を抱えて客間の前まで戻ってくると、廊下で待っていたダリアが慌てて駆け寄ってきた。

「奥様、こんな大きな物をお持ちになって！　私がお預かりしますわ。この布がどうかしたのですか？」

「さっき、ドレスを作るのにシルクがいいから在庫を確認しようって話しているのが聞こえて。……この布を使ってもらえないかと思ったの」

大人しくダリアに布を渡しながら、そう説明する。話を聞いたダリアは、布をまじまじと見つめながら言った。

「確かに、この布の質感はシルクによく似ていますね。私は仕立てに関しては素人なので、職人達に聞いてみましょうか」

「ええ！」

私達が客間に入ると、仕立て屋さん達は軽く荷物をまとめて私を待ってくれていた。打ち合わせが一段落し、デザインの方向性も決まったからそろそろ店に戻るのだろう。

待たせてしまって申し訳ない。

「ごめんなさい、お待たせしたわね」

「いいえ、とんでもございません。どういたしましたか？」

「実は、さっき素材にはシルクが良いというお話をしていたのを聞いて、この布を使っていただけないかと思ったの」

私がそう言うと、ダリアがさっと一歩前に出て布を広げる。

仕立て屋さん達は興味深そうに布に顔を寄せた。

「ほう、これはハミルトン・シルクですね！」

「ハミルトン・シルク？」

「失礼いたしました。私共がそう呼んでいるだけで、正式な名称というわけではないのです。何せこの布は市場に出ることがほとんどありませんので……。少し触ってみても構いませんか？」

「もちろんですわ」

私がそう言うと、三人の仕立て屋さん達は真剣な表情で布を検分し始めた。何事か話し合いながら、布を触ったり、光に翳《かざ》してみたりしている。

「これは、私共が見たことのあるハミルトン・シルクの中でも最高品質の物ですね！織られた方の腕も相当良い。奥様は、この布を一体どこで？」

「私の知り合い……の、商会のお嬢さんが、地元のご婦人が織った物を譲り受けたの。そのお嬢さんは、この布がとても素晴らしいから是非もっと広めたい、と私のところに持ってきてくれたのよ」

「なるほど！　もしそうなったら私共としても非常に有り難いことです」

仕立て屋さん達が言うには、仕立ての依頼の中には「この布を使ってほしい」と、お客様が素材を持ち込む場合も多いらしいのだが、その中に時々とても品質の良い布が交ざっていることに気が付いたそうだ。

そして、その布の質感がシルクによく似ていることと、この領地で伝統的に織られているものなのだということが分かり、仕立て屋さん達の間で段々とハミルトン・シルクと呼ばれるようになったらしい。

「大体は自分が織った布で自分の服を作りたいとか、娘や孫の服を作りたいといったご依頼が多いですね。何度か商売として布を売ってもらえないか打診したこともあるのですが、断られてしまって……」

残念そうに苦笑いする仕立て屋さん達。

「そのお嬢さんに、是非とも頑張ってほしいとお伝えください。私共もハミルトン・シルクが市場に出回ればとても有り難いのです！」

「まぁ、そうなのね！　プロの方にもそう言っていただけるなんて嬉しいわ。……それで、どうかしら？　ドレスの素材としては使えそう？」

私がそう尋ねると、仕立て屋さんは大慌てで頭を深く下げた。

「ああっ！　失礼いたしました。もちろんです。いつもハミルトン・シルクは普段着に仕立てることが多くて。それももちろん素敵なことなのですが、一度ドレス作りに使って腕を振るってみたいと思っていたのですよ。こんな機会を与えていただき、職人冥利に尽きます」

少し興奮しながらにこにこ話す仕立て屋さん。

この人はよほど服を仕立てるのが好きなのだろう。三人は、早速店に戻って話し合いの続きをしようとか、早く作業に取り掛かりたいとか言いながら目を輝かせて帰っていった。

「素敵なドレスになりそうですね、奥様」

「ええ、何だか私も少しワクワクしてきたわ！　ドレスのことよろしくね、ダリア」

「もちろんですわ、奥様。…………うちの奥様に恥かかせようなんて考えた人間に、目にもの見せてくれますよ」

ん？　最後ダリア何か言ったかな？　小さな声で聞こえなかったけど……。

気が付けば、外はもうすっかり暗い。今日一日の、何と長かったことか。怒濤《どとう》のような展開に頭がクラクラしそうだが、その前に私のお腹が「ぐうっ」と鳴った。

「ダリア、お腹空いちゃった」

「このお時間ですもの、当然ですわ。今日は伯爵様も帰ってこられてベーカーが張り切っていたので、きっと凄いご馳走《ちそう》が出ますよ！」

ご馳走！　うわぁー、楽しみ！

私がスキップでも踏みそうな勢いで食堂に向かっていると、丁度執務室から出てきた旦那様と出くわした。

「旦那様も今からお食事ですか？」

「ああ、アナとの晩餐《ばんさん》も久しぶりだな」

何だか、今日の旦那様はご機嫌が良い。王都にいる時と少し感じが違うのは、やはり領地に帰ってきたからだろうか。

旦那様にとっては、領地は故郷みたいなものなのかもね！

その日の夕食はダリアの予想通りとても豪華だった。

使用人のみんなは絶対に私と一緒に食卓を囲んではくれないので、実は領地に来てから食事はいつもひとりぼっちだったのだ。

給仕はしてくれても、やはり一緒に卓を囲むのとは違う。

今日は旦那様がいるので久しぶりに一人ではない食卓が嬉しくて、領地であったことなどついあれこれと喋り過ぎてしまった。

ハッと気が付いて旦那様の顔を見ると、意外にも旦那様は楽しそうに私の話を聞いてくれていて少しドキッとする。旦那様は無駄にお顔が良いので、微笑みながら話を聞いているだけでご令嬢を勘違いさせてしまいそうだ。

うーん、その辺の自覚を持っていただかないと危険ですね。何せ旦那様は、ハミルトン伯爵領の豊かな領地が育んだ純粋培養貴族ですからね。

私がそんなことを考えていると、会話が途切れた隙に旦那様が何やら少し遠慮がちに話を切り出してきた。

「ところでアナ、その……昼にアナとマリーが話していた内容が、こう、少しだけ聞こえてきたのだがな。その、アナから見て、私にもあるのだろうか？」

「？　何がですか？」

昼間にマリーと？　色々なことを話していたし、今の流れでパッと思い浮かぶような内容はないのだけれど、一体何のことだろう？

「その、人間には、それぞれ良いところがあるものなのだろう？」

ああ、その話か。……って、旦那様の良いところを聞きたいってこと？　面と向かって聞いてくるとかハートが強いな。

「で、どうだ？　私にもあるか⁉」

期待に目を輝かせた旦那様が再度詰め寄ってくるので、私も答えないわけにはいかない。うーん、旦那様の長所といえばそれは……。

「お顔、ですかね？」

「……」

「あ、あと、お金持ち……とか？」

「…………」

気のせいか旦那様がいつもの仏頂面に戻ってきた。

えー、イケメンでお金持ちって凄い長所じゃない？　解《げ》せぬ。

「ほ、他には何かないのか？　もっとこう……アナが好ましく思うところが！」

「えっと……、あ、セバスチャンが『素直なところが坊ちゃまの美点です』って言っていましたよ！」

「それは、セバスの感想ではないか……」

ガックリと肩を落とす旦那様。

えー、付き合いの浅い私より、小さい頃から見守ってくれているセバスチャンの言うことの方が信憑性《しんぴょう》があって良いと思ったのに。

「……じゃあ、伸び代ですかね？」

言った後にハッとする。しまった、肩を落としている旦那様を見ていたら、思わず本音を口にしてしまったけど、これじゃ「現状ダメ」と言っているようなものだ。

「生意気な！」と怒り出しやしないかとヒヤヒヤしながら旦那様の方を窺うと、旦那様は一瞬キョトンとした後、何故か嬉しそうに顔を輝かせた。

「伸び代か！　なるほどな。よし、分かったぞ！」

何故かご機嫌を回復してデザートのプディングを食べている旦那様の姿に私の頭の中は疑問符で一杯だったのだが……、機嫌が良いならまぁいいか。

気を取り直して私もデザートのプディングを口に運ぶ。カラメルの絶妙な甘苦さとプディング独特の食感がこれまた絶妙で、お口の中に幸せが広がった。

うん、今日のお食事も最高でした！

「アナ、少し話がしたいのだがいいか？」

食事が終わり、そのままの流れで何となく部屋の前まで一緒に戻ってきた旦那様がそう言った。ちなみに夫婦の部屋は続きの間を挟んで隣り合わせにある。王都の伯爵邸と造りは基本的に同じだ。

……まぁ、そうですよね。

今日一日旦那様を見ていて確信したのだが、やはり旦那様には精霊が見えている。

王都では、あわよくば何とか誤魔化せないかなーと思って過ごしていたのだが、こんなに精霊だらけな伯爵領にいて流石にそれは無理だろう。理由も分からず視界を無数の光が飛び交っているなんて、そのうち精神を病んでもおかしくないレベルだ。

今のところ旦那様は、「なんか変だな？」くらいにしか思っていなさそうだけど、この場合むしろ旦那様の方が特殊だと思う。

初夜に熟睡している旦那様を見た時にも思ったが、この人はよほど肝が据わっているのだろうか。それともやはり何も考えていないだけなのだろうか……？

「かしこまりましたわ、旦那様。少し自室で済ませたいことがありますので、三十分後に続きの間でもよろしいでしょうか？」

「ああ、構わない。それでは後でな」

そう言うと旦那様は自分の部屋へと入っていった。

私も自分の部屋に入り扉を閉めると、フーッと細くて長い溜め息をつく。

さて、なんて説明しよう。

「そのキラキラ光っているのは精霊さんですヨ！」

なんて言って、医者とか呼ばれないだろうか。もし反対の立場だとしたら、呼ばない自信がない。

「はー……。大体何で旦那様には精霊が見えるのかな？　あなた達、何でか分かる？」

思わずベッドにボフンッと倒れ込みながら聞いてみた。

実は今もいつもの精霊トリオは私の部屋にいて、机の上でクッキーを食べながら寛いでいるのだ。

〝え？　そりゃ、アナとユージーンが結婚したからだよ！〟

〝結婚！　結婚！〟

〝二人は夫婦！〟

意外な回答が返ってきて、驚いて飛び起きる。

「え？　ええ！　結婚したから見えるようになったの⁉」

〝〝〝そうだよー！〟〟〟

そんなのアリ⁉　結婚なんていう人間界の制度が、まさかそんなところに影響を及ぼすなんて思いもしなかった。

〝昔ねー、見える男と見えない女の夫婦がいたの〟

なるほど、確かにそっちのパターンもある得るのか。

〝精霊が見える見えないで喧嘩《けんか》になっちゃってね。さよならしちゃったの〟

あらら。どっちの気持ちも分かるだけにお気の毒だな。

〝それで、精霊王様が凄く悲しんでね。夫婦になると見えるようにしたんだよ！〟

「ちょっと待って。見えるようにしたっていうことは、精霊は人間に見えるようにしたり見えないようにしたり自分の意思で変えられるってこと？」

〝変えられるよ！　でも、変えられないよ！〟

〝きそくを決めるのは精霊王様だから〟

〝きそくを守らないと、身体が段々小さくなるの〟

中々に物騒な話だ。つまり、やろうと思えば能力的には可能だけど、規則を破ると罰則があるってこと？

「ねぇ、それって……」

コンコンコン。

私が更に詳しく聞こうとした時、続きの間と繋がる扉からノックの音が聞こえた。

しまった！　もう三十分過ぎている！

急いで鍵を回して扉を開けると、何ともいえない表情の旦那様が立っていた。

「すみません！　旦那様、お待たせしましたよね？」

「いや。そんなことより……誰かいるのか？」

「え？　いえ、(精霊以外) 誰もいませんけれど」

「そ、そうか？」

恐らくさっきまで精霊と話していた私の声が聞こえてしまったのだろう。旦那様は納得いかないといった感じで、私の部屋を覗き込もうとした。

「ストップ！　旦那様、いくら建前上は夫婦とはいえ、私達はビジネスパートナーです。乙女の部屋を覗いてはいけません」

私がそう言って制止すると、旦那様はますます何とも複雑な表情になった。

「ビジネスパートナー……。そ、それなのだがな」

何か言いにくいことなのか、旦那様は口を開いては閉じを数回繰り返す。

そして、意を決して何か言葉を発しようとしたその時――

〝〝〝呼ばれてないけどジャジャジャジャジャーン！〟〟〟

旦那様の言葉を思いっきり遮って、精霊トリオが私の前に飛び出してきた。

突然目の前に飛び出してきた光に、旦那様はビックリして目を丸くしている。

「ア、アナ！　この光は喋るのか⁉」

え、旦那様、精霊達の声まで聞こえるの⁉

〝すごーい！　ユージーン声まで聞こえてるよ！〟

〝精霊と親和性が高かったみたいだね〟

〝おぬし、なかなかやるのう！〟

キャッキャとはしゃぐ精霊達と、唖然《あぜん》として立ち尽くす旦那様と、頭を抱える私。

中々にカオスな空間である。

「安心してください、旦那様。これは危険なものではございません。その……精霊、です」

続きの間。つまりは夫婦の寝室なのだが、私達はそこのソファーに座って二人でカモミールティーを飲んでいた。何だか初夜を思い出すシチュエーションだ。

ちなみに旦那様は何故だか耳が赤い。

私達の初夜の思い出なんてお色気とか皆無だと思うのですけど、何でですかね？

「……つまり、アナは生まれた時から精霊が見えるのが当たり前で、私はそのアナと婚姻を結んだから精霊が見えるようになった、とそういうわけか？」

「そうなりますね。俄《にわ》かには信じがたいかもしれませんが……」

「？　信じるぞ？　だって実際見えるしな」

……マジで？　うちの旦那様、意外と大物になるかもしれない。

「ところで、私に精霊が見えるようになった訳は分かったが、何故アナは生まれつき精霊が見えるのだ？　体質か遺伝か何かか？」

旦那様が不思議そうに首を傾げる。そう、実は私もそれは聞いてみたかった。

〝ええっ、アナそれも知らなかったの⁉〟

〝アナがターニャのこどもだからだよ〟

〝ターニャはカロリーナのこどもだからだよね〟

……遺伝？

「アナ、そのターニャとかカロリーナとかいうのは？」

「あ、ターニャは私の母です。本名はタチアナですが、町ではターニャと名乗っていました。カロリーナは私も初耳ですが、話の流れからすると私の祖母……ですかね？」

「……」

旦那様は、何だか難しい顔をして考え込んでいる。

「それは、アナスタシアが特別な血筋だということか？」

中々に切り込んだ質問をする旦那様にドキリとしたが、精霊達はそんなものはどこ吹く風で、相変わらず飄々《ひょうひょう》としている。

〝うーん、いっぱい話してつかれちゃった！〟

〝ひめ様のこと話すと、王様に怒られちゃうしねー〟

〝こんど精霊王様に、アナになら話していいのか聞いてみようよ！〟

それがいい、それがいいねー、そうしよう！　と精霊達は自分達だけでキャッキャと盛り上がり、

〝それじゃ、まったねー。クッキーありがとー！〟

と言ってパタパタ飛んでいってしまった。

飛んでいってしまった、のだが……、一つ凄く気になることを言ってなかった？

姫様って何だ。姫様って。精霊王がいるくらいだから、精霊のお姫様ってこと？

それとも、精霊と仲が良い人間のお姫様がいたとか？

確かに昔、あまりにも人と何かが違うお母さんに対して、実はどこかの王女様だったとか言われても信じそう、なんて思ったことがあったけど。

まさか本当に精霊のお姫様でしたとかないよね？　……ないよね!?

自分の母親のあまりの規格外さに頭をクラクラさせていると、旦那様と目が合った。

「……大丈夫か？」

「は、はい。ちょっと私も、初めて知ることや聞くことが多くて」

「アナはあまり、自分のことについて両親に尋ねたりはしなかったのか？」

「そうですね、あまり聞かなかったです」

答えた後に、自分がまだ幼かった頃のことを思い出す。

『どうしてアナにはおじいちゃんやおばあちゃんがいないの？』

『どうしてアナには精霊さんが見えるの？』

『どうしてアナはいつもペンダントしてないといけないの？』

そう聞くと、お父さんはいつも困ったような笑顔を私に向けた。

だから、子どもながらにそれは聞いちゃいけないことなのだと思うようになった。

ちなみにお母さんはいつも話をはぐらかしてばかりで、

『うふふ、な・い・しょ！』

としか言わないので全てを諦めた。

「私が自分の出自について尋ねると、父がいつも困った顔をしていたのです。子どもながらに父を困らせたくなくて、いつの間にか聞かないことが当たり前になっていました。今考えるともっと聞いておくべきでしたよね……」

まさかこんなに謎と秘密がてんこ盛りだとは思ってもみなかった。

「いや、子どもというのは存外親の顔色を良く見ているものだからな。親が困ると思えば言えないし、聞けないだろう。……私にも少し覚えがある」

旦那様にも色々あったのだろうな、と思う。

二十歳の若さで伯爵位を継ぐなど、通常では起こり得ない事態だ。

ご両親の仲もあまり良いとはいえない……というか、旦那様のお父様は女癖が悪い方だったらしい。私の耳にもうっかり入ってくるくらいだ。詳しくは知らないが、恐らく相当なものだったのだろう。

しばらく二人無言でお茶を飲む。

好きあって結ばれたわけでもなく、家格が釣り合い、幼い時から婚約者として過ごしたわけでもない。ただただ周りの人間の思惑に巻き込まれるようにして夫婦になった私達は、お互いのことを何一つ知らなかったし、知ろうともしていなかった。

こうしてようやく向き合った旦那様は、世間知らずで頼りないけど、やっぱりちょっと良い人だ。そんなことを考えていると何だか少しむず痒《がゆ》くて、精霊達もいなくなった寝室は静かで落ち着かない。

結局旦那様のお話って何なのだろうかと、チラッと旦那様の方を窺う。旦那様は私の視線に気が付くと居住まいを正して話を切り出してくれた。

「今日時間をとってもらった用件は二つあってだな。一つはあの光のことについてだったのだが、それについては理解した。あともう一つの用件は、アナのそのペンダントを見せてほしかったのだ」

「このペンダント、ですか？」

「ああ、この前見せてもらってから自分でも少し調べたのだが、さっきの精霊の話も気になってな」

さっきの精霊の話と、このペンダントがどう繋がるのだろうか？

「あの時は、あまり見たことのない物だから新種の魔道具かとも思ったのだが……むしろそれは、とても古い物ではないか？」

「そう、ですね。古い物だとは思いますが、これもどういった由来の物なのかは知らないのです。ただ、母から渡されただけで……」

私、ほんとに何も知らないな。

何だか自分が情けなくなってきて、自然と眉が下がってしまう。

「アナは、フェイヤームという国を知っているか？」

「？　いえ、初めて耳にしました」

「そうか。フェイヤームというのは、実在したかどうかも定かではない、伝承上にだけその存在が残っているといわれている国だ。別名を《精霊に愛されし国》という」

「！」

思わずハッとして、旦那様の顔を見た。

旦那様も、とても真剣な顔をして私を見つめている。

「もしかしてアナの母君は、そのフェイヤームの関係者なのではないか……？」

旦那様によると、フェアランブル国内では伝承上の国扱いされているフェイヤームは、隣国では普通にあったものとして扱われているそうで、実際調べてみるとその痕跡を表す遺物も結構残されていたらしい。

元々旦那様は考古学について詳しかったし、伯爵家の図書館には他国の蔵書が多いのでこの情報に行き当たることができたけれど、普通に国内だけにいれば一生知ることのない情報だろう。

……もしかして、意図的に隠されている、とか？

どうにもこちらもキナ臭い。

◇

次の日の朝。珍しく寝坊してしまった私は、マリーに身支度を整えてもらうと急ぎ足で食堂に向かっていた。昨夜、旦那様と別れて自室に戻ってからも、つい色々と考え事をしてしまって中々寝付けなかったのだ。

私が食堂に入ると、旦那様は先に席に着き紅茶を飲みながら何かの書類を読んでいた。明るい陽が差し込み、髪がキラキラと輝いている。

ああ、懐かしい。無駄に絵になるこの感じ。

思わずふふっと笑ってしまうと、旦那様が私に気が付いた。

「おはよう、アナ」

「おはようございます、旦那様。すみません、お待たせしてしまいましたわ」

「いや、構わない。昨日は色々あったからな。疲れただろう」

それを言うなら、旦那様の方が王都から伯爵領まで馬を飛ばしてきたのだ。よほど私より疲れていると思うのだけど。

私がそんな風に思ったのが伝わったのか、旦那様はニッと笑うとこう言った。

「私だってそれなりに鍛えていると言っただろう？」

……あ。

初夜で私が言った、『腕相撲とか勝てちゃうのではないかしら』発言に対するあのくだりか。

あれから早数ヶ月。公爵家ほどではないにしても、それなりにいびられる覚悟をして嫁いできた伯爵家で、こんな風に穏やかに過ごせるとは正直思ってなかった。

まぁ、やられたらそれなりにやり返すつもりはあったけど。

「今日の予定は決まっているのか？」

「そうですね。まさかこんなことになるとは思っていませんでしたので、予定が決まっているというか大幅に変更したというか……」

本来であれば今日はモチモチパンの試食を持って公園に行って、領民達に意見をもらいつつ自領の小麦の美味しさを広めてくる予定だった。

昨日エイダさん達の織る布に興味がありそうな人材も見つけたので、その辺も詳しく聴き込みしておきたいし、子ども達の意識調査（将来なりたいものはあるか的な）もしたかったのだが、それらは全部マリーが引き継いでくれる予定だ。

モチモチパンの意見も直接聞きたいし、とベーカーが一緒に行ってくれることになったらしい。

「とりあえず私は、来《きた》るドレスの採寸と夜会に向けて、暫くは美容三昧フルコースを受けるようです」

「お、おお……女性というのは大変なのだな」

それは私も思った。

領地の熟練の使用人達による、全身スペシャルマッサージやら、顔パックやらヘアケアやら爪磨きやら、もはや何をされているのかも分からない全身ゴロンゴロンなどされながら、隙あらばミシェルの書の内容を頭に叩き込む。

途中ドレスの採寸も挟みながらそんな日々を数日続けていると、ピッカピカに磨かれていく私の表面とは裏腹に、私の内側はシオシオと萎《しお》れていきそうだ。

マリーとダリアはそれぞれ順調に自分の役目を果たしてくれているようで、私がゴロンゴロンされているとよく進捗状況を報告しに来てくれる。

二人ともやりがいのある仕事を任されたことを喜んでいるようで、目がキラキラと輝いていた。羨ましい。

旦那様は、折角領地に来たからとマーカスと一緒に領地をあちこち視察しているらしい。しかも馬で。羨ましい。

気のせいか、旦那様は少し領地の経営についても意識を持ち始めたような気がする。

それはとても良いことなのだが、今までさっぱり経営に興味がなかったようなのに、
何がきっかけになったのだろう？

――クリスティーナの変貌《アレ》を見たショック療法だったりして。

考えてみれば、アレを目の当たりにして以来旦那様の態度が少し軟化した気もする。

よほどショックだったのかー。女性不信にでもなってなければいいのだけど。

「……聞いているか？」

ハッとして前を見ると、安定の仏頂面をした旦那様。

いかんいかん、今は旦那様との朝食の途中だった。

「申し訳ございません、少し考え事をしておりました」

「そうか。顔色は良いし肌も髪もツヤツヤしているが……その割には元気がないな？」

ギクッ！　まさか旦那様にバレるとは思わなかった。

こんなことで元気がないのを悟られるようでは、貴族女性失格だ。

「申し訳ございません。少し慣れないことをする日々が続いておりまして、顔に出てしまったようです。これでは貴族失格ですね。以後気を引き締めます！」

「いや、責めたつもりはないのだが……。フム、確か今日の午前中は邸に仕立て屋が来て、仮縫いのドレスの確認とデザインの最終決定をするのだったか？」

「はい、その予定です」

昨日ダリアから話を聞いた時は「もう仮縫いできたの？　早っ！　ドレスって案外すぐにできるのでは？」などと思ってしまったのだが、むしろここからが大変らしい。

ドレスの肝は、如何に美しいラインを出すか。

ここからドレスを着る人間に合わせてサイズを微調整し、少しでも美しく見えるラインを模索するのだ。そして、細かい刺繍やレースで彩っていく。

なるほど、話を聞けばここからが大変なのだと納得がいった。

「では、午後からは私と街に出掛けないか？」

「旦那様と街に、ですか？」

「ああ、ドレスの最終的なデザインも決まるのだろう？　丁度良いタイミングだ。一度装飾品を見にいこう」

「わぁ、奥様素敵です！」

仮縫いのドレスを身に纏った私を見て、瞳をキラキラさせたマリーが興奮気味に声を上げた。一方ダリアは真剣な表情で仕立て屋さん達と何か話しながら、ミリ単位でドレスのウエストや脇のラインを調整していく。

エイダさんから譲り受けたハミルトン・シルクを使ったドレスは、素人の私にも分かるくらいに素晴らしい物だった。

優雅な光沢にしなやかな材質のその布は身体を優美に包み、バッスルラインのスカートの膨らみも絶妙に可愛い。

うわぁ、これで完成って言われても全く違和感ないくらい素敵なドレスなのに、ここからさらに磨きをかけていくわけか。

これは頑張らないと、完全にドレス負けするぞ私。

仮縫いの確認が無事に終わると、今度は場所を変えてデザインの最終決定だ。

私がダリアと共に客間に移動すると、既に旦那様がお茶を飲みながら待っていた。

「仮縫いのドレスはどうだった？」

「想像以上に素晴らしくて驚きました。完成がとても楽しみです」

私と旦那様が話している間に、数枚のデザイン画が目の前に並べられた。

ドレスの形は皆同じなのに、刺繍やレースがそれぞれ違って、どれも印象がかなり変わって見える。ただ、一つ不思議なのがどのデザインもメインカラーが緑だ。

……何故にそんなに緑？

そう思って隣の旦那様を見て納得する。なるほど、旦那様の色なのか。

貴族の社交界では、パートナーの色を纏う風習があると聞いたことがある。

とはいえそれは、仲睦まじい夫婦や婚約者がすることであり、ルールやマナーとは違うとも聞いた。すなわち、こんな緑の主張の強いドレスは、

「私達、新婚でーす！　ラブラブでーす！」

……と、言っているようなものなのではなかろうか？

（旦那様、旦那様）

私は他の皆には聞こえないくらいの小声で、隣に座る旦那様にこそっと話しかける。

（凄い緑目立ちますけど、大丈夫ですか？）

（構わん）

一言だけ小声で返事があった。

構わんのか……じゃあいいか。

正直、私としては旦那様と仲睦まじいと思われていた方が社交界での立場は良いのだ。恐らく凶悪な魔物の類いが跋扈するであろう夜会だ。緑の装備で守ってもらおう。

私達は相談の上、一枚のデザイン画を選んだ。

そのデザインは、派手な刺繍はないものの糸の色にこだわりがあり、スカートの中央部から裾にかけて緑のグラデーションが広がるようになっている。繊細なレースや、一見すると分からない生地に散りばめられたキラキラ光る宝石の粉など、細部にまで拘り抜かれた一着だ。

デザインを決めた後は、もうプロ達にお任せするしかない。私にできるのは己のウエストラインをキープすることくらいだ。気合いとお腹を引き締めよう。

昼食を挟んで、午後は旦那様と装飾品を見に街へ行くことになっている。

街に行くのは久しぶりなので少しワクワクした。

「ふふっ！　奥様、旦那様と初デートですね！」

私の髪を梳かしながらマリーが嬉しそうに言う。

「嫌だわマリー。夜会のための装飾品を見にいくのだもの、これも立派なお仕事なのよ？　そうだわ、私は装飾品の知識がないから予習しておかないと……」

そう言うと私はいそいそとミシェルの書の装飾品のページを読み始めた。ミシェルの書の全包囲網羅ぶりが凄い。

「伯爵領に宝石鉱山があると聞いて原石については勉強したのだけど、それを加工して装飾品にするとなると幅が広過ぎて、まだまだ勉強が追いついていないのよ」

鏡越しに、マリーが私を残念なものを見る目で見ているのは気のせいだろうか。

そして午後。外出の準備も整い、旦那様のエスコートで馬車に乗り込む。思えば、確かに旦那様とこんな風に二人で出掛けるなんて初めてだ。

伯爵らしい高貴な装いに身を包んだ旦那様は、綺麗な深緑の髪が今日も絶好調にサラッサラしている。

スッと通った鼻筋に長いまつ毛のくっきり二重。特別な手入れはしていないはずなのに、日夜ゴロンゴロンされている私と同じくらいの艶々お肌。解せぬ。

思わず向かいに座る旦那様をジーッと観察していると、旦那様が居心地悪そうに身じろぎしたので慌てて目を逸らした。私も何だか落ち着かない。

宝飾店での旦那様の振る舞いは洗練されたもので、「ああ、やはり旦那様は伯爵だったのだな」と、変な納得をしてしまった。

私はといえば、いかにもお高そうな宝石達に顔が引き攣りそうになるのを必死に堪えて、お貴族様スマイルを保つのが精一杯だ。

「奥様には、このように華やかなイヤリングなどがお似合いですわ！」

と、付けてもらったやたら巨大なエメラルドが付いたイヤリングも、「耳がもげる、耳がもげる」としか思えなかった。

何なら私の心の声が漏れていたらしく、隣で笑いを堪えた旦那様がプルプルしていた。悪気はないので許してほしい。

普段使いの物もいるだろうからと宝飾品をまとめ買いする旦那様に、「ストーップ！」と叫びたくなったが何とか堪える。庶民の金銭感覚が抜けない私としては、本当は縋《すが》り付《つ》いてでも止めたいくらいだったけど、領地へ来る前にミシェルに言われた言葉を思い出したのだ。

『伯爵夫人として品位を保つ』

『しっかりお金を使って経済を回す』

『領主夫人が自分達の商品を愛用している、という誇りを領民達に与える』

教えてもらったことはちゃんと守ったよ、ミシェル！

何とか店内では伯爵夫人の体裁を守り切った私は、馬車の中ではヘロヘロだった。

以前の旦那様なら、「だらしない」とか「もっとちゃんとしろ」とか言いそうなものだが、チラッと旦那様の様子を窺うと、旦那様は困ったように眉を下げて何か考え込んでいた。

やっぱり、旦那様の私に対する当たりが大分柔らかくなったと思うのだけど、ビジネスパートナーとして少しは認めてもらえたのかな？

　そんなことを考えながらふと馬車の外を見ると、いつも閉まっている一軒の出店が珍しく開いていることに気が付いた。

「あー！」

　思わず叫んだ私に、旦那様が驚いて馬車を止めさせる。

「な、なんだ⁉　どうした？」

「あの飴《あめ》細工のお店！　いつもは閉まっているのです！」

　以前、一度だけ開いているところを見かけてその細工の可愛さと飴の甘い香りに心惹かれ、次来たら絶対買おうと心に決めていたのだが、それ以来一度も開いているところを見たことがなかったのだ。

「あぁー、よりにもよって何で今日……」

　流石にこの姿で買いにいくわけにはいかないよね。と、未練たらしく窓から店を覗いていると、突然旦那様が馬車から降りた。

　は、伯爵様が降臨しちゃった⁉

　ハラハラしながら見ていると、突然現れた領主の姿に出店の周りはそりゃあもう大騒ぎだ。馬に乗って馬車に付き従っていた護衛も慌てている。

旦那様がやけに真剣な顔で飴細工を選んでいる間にも領民の数はどんどん増えていくし、出店の主人なんて目に涙を浮かべて感動しているし。

伯爵様の人気、想像以上に凄いですね⁉

私の心配と周りの騒ぎをよそに、当の旦那様は平然とした様子で領民に笑顔で手を振ると、飴細工を持って普通に馬車まで戻ってきた。

「だ、だ、だ、旦那様！　何をなさっているのですか⁉」

「うん？　飴細工を買ってきただけだぞ？」

ほら、欲しかったのだろう？　と笑顔で飴細工を差し出す旦那様にどんな顔を返せばいいのか分からなくて、思わず俯くと小さな声でお礼を言う。

……可愛い！

受け取った飴細工の小鳥は、今にも飛び立ちそうなほどよくできていて、その可愛らしさに思わず頬が弛《ゆる》んだ。

――その日もらった飴細工を、私はもったいなくて中々食べることができなかった。

◇　◇　◇

そうして、皆がそれぞれに忙しい日々を過ごすなかで領地での日々は過ぎていく。

まずドレス部門。

こちらはとにかく時間との戦いで、人海戦術で乗り切っているらしい。

というのも、最初に領地でドレスを仕立てることになった時に打診に行ったお店のほとんどが、結果的にドレス作りに協力してくれているからだ。

一からドレスを仕立てるのは間に合わなくて引き受けられなかったけれど、せめて刺繍なら……と、繊細な刺繍で人気の仕立て屋から申し出があったり、レースなら何処《どこ》にも負けません！　というレース専門店から手伝わせてほしいと問い合わせがあったりと、各所から様々な申し出が殺到したそうだ。

領地の服飾業界総出だな……と思っていたら、何と刺繍糸を染める緑の染料が足りなくなり、領地の子ども達が協力して必要な野草を摘んだりもしてくれていたらしい。

まさに領民総出である。

結構な騒動になってしまって申し訳ないが、自分達の領主夫人のためにできるだけ素晴らしいドレスを作ろうとしてくれている領民達の気持ちが素直に嬉しかった。

次に、領民の意識改革部門。

こちらはマリーが中心になり、根回しや情報収集をしっかりこなしてくれている。

ちなみに、モチモチパンの試食は大好評だったらしい。ついでに王都で一般的に出回っている小麦で焼いたパンも持っていって食べ比べしてもらったのだが、自領の小麦の質の良さに領民達も驚いていたそうだ。

それが当たり前になっていると、中々その良さに気付けないってことあるよね。

それから、マリーにはエイダさんに手紙を届けてもらった。

本当は同一人物だが、成り行き上「アナが貰った布をアナスタシアに献上した」みたいな形になったので、きちんとその辺りを説明しておかなければと思ったのだ。

マリーの話だとエイダさんは「そこまで本気で私の布を評価してくれているとは思わなかった。面識があるとはいえ伯爵夫人に直訴するなんて勇気がいっただろうに」と、いたく感動してくれていたらしい。

……ごめんなさいエイダさん。勇気はいりませんでした。何なら本人です。

自分の織った布が伯爵夫人のドレスになるなんて感無量だと喜んでいたので、そのタイミングですかさずマリーが、この布はハミルトン・シルクと呼ばれ、仕立て屋さん達の間でも評価が高いことと、そのハミルトン・シルクを織ってみたいと言っている若いお母さん達がいることを伝えてくれたらしい。

以前お茶会で私が言っていたように、この布織りを事業として継承する気はないかと尋ねたところ、少し考えさせてほしいとの答えだったそうなので、明らかに一歩前進である。今後もマリーの手腕に期待したい。


そして私はといえば、ミシェルの書を片手に磨かれまくる日々に、実践的マナー講座と旦那様とのダンスレッスンが加わった。

ただでさえ一杯一杯の日々の中、最初にそれを告げられた時は「ひぃぃー！」と思ったが、幸いマナーに関しては公爵家で叩き込まれていた分何とかなったし、ダンスで身体を動かすのは良い気分転換になった。

旦那様も邸の使用人達も私は踊れないと思っていたようだが、実は私はダンスが得意だ。公爵家では必要ないと教えられなかったが、小さい頃からダンス好きの両親が一通りのダンスを教えてくれていたのだ。

お父さんは腐っても元公爵令息。ダンスの腕は相当なものだったし、お母さんに至っては、それこそ観《み》るもの全てを魅了するレベルだった。

うちの母は本当に底が知れない。いつか彼女の真実を知る日はくるのだろうか。


ちなみに、旦那様はマーカスから領地経営を学ぶようになった。

領地の古株の使用人達は、「坊ちゃまは結婚なさってからしっかりした」と喜んでいたけれど、多分、結婚がきっかけではないよね。

ともあれ、旦那様がしっかりしてくれるのは妻としても大歓迎です。

頑張れ旦那様！


しかし、全てが順風満帆にとは中々いかないもので、そんな順調な日々のなかで不穏な出来事もあった。数日前、王都の伯爵邸から早馬で便りが届いたのだが、そこにとんでもないことが書かれていたのだ。

王太子殿下からの遣いが伯爵邸にやってきた、と。

しかもその用件が、伯爵夫人のドレスをこちらで用意しよう、というものだったというのだから前代未聞だ。

私が貴族の風習に疎いから理解できないのかな？　とも思ったが、旦那様が顔を真っ赤にして怒っていたから、やはりこれは非常識な申し出なのだと思う。

普通に考えても新婚の夫人に他所の男がドレスを贈るなんてあり得ない。

そもそも今回の夜会は、ドレスも用意できない私に恥をかかせてやろう、というクリスティーナの目論見《もくろみ》があってのことだったのではないのだろうか？

それともそれはこっちの勝手な憶測であって、王太子側には何か別の目論見があるのだろうか？

一応王太子側の言い分としては、「急な夜会の招待で申し訳ない。ドレスの用意が間に合わないようなら、王家のツテで何とかするから自分に用意させてほしい」ということだったのだが、こちらがドレスを用意できない前提の話し振りだったらしい。

ドレスの準備は問題ないからと、セバスチャンが丁寧にお断りをしたそうだ。

……なにか変なドレスを用意して、私を笑い者にしようとしたとか？

しかし、いくらなんでもそれは程度が低過ぎるし、そのドレスを用意したのが王太子だと分かれば、結局王太子本人も恥をかくだろう。

いくら考えても王太子の狙いが分からないのだが、何を考えているのか分からない相手ほど気持ちの悪いものはない。

ああ、嫌だな。意味の分からない悪意に纏わりつかれるこの感じ。

公爵家で暮らしていた時はそれが当たり前で常に気を張って暮らしていたのに、いつの間にかここでの暮らしが心地良くて、すっかり気持ちが弛んでいたようだ。

領民のみんなや伯爵家の使用人達、最近よく見せてくれるようになった旦那様の笑顔が頭を過るけれど、そっと首を横に振る。

こんなことでは駄目よね。どこに敵がいるかも分からない私の立場は何も変わっていないのだから。

私は、ペンダントをギュッと握り締めると自分に言い聞かせた。

大丈夫、頑張れる！　降りかかる火の粉は自分の力で払うまでよ！

決意も新たに前を向くと、私を心配そうに見ている旦那様と目が合った。

「不安か？」

「へ？」

「その、安心していい。アナは私の妻だろう。妻を守るのは夫の役目だからな！

……もっと、頼ってくれていいのだ」

私が、旦那様を、頼る……？

王都から不愉快極まりない便りが届いた日の夜、執務室でそれを読み返していた私は思わず便箋をグシャリと握り潰した。

貴族社会の世事にまだ疎いアナスタシアは意味も分からず不思議そうにしていたが、新婚の人妻に他所の男が、しかも夫よりも身分が上の者がドレスを贈ろうとする。

この行動の意味するところはとんでもなく下衆だ。

正直言うと、聞いた瞬間に頭の血管が怒りでブチ切れるかと思った。私がその場にいなくてよかった。穏便に事が運んだ可能性は限りなく0だ。

たとえ相手が王太子であろうとも、絶対にアナスタシアには……アナには指一本触れさせない。

◆　◆　◆

アナと一緒に初めて街へ出掛け、宝飾店へ行ったあの日。

両手に溢れるほどの宝石を贈ってもどこか戸惑った笑顔を浮かべていたアナが、私が買ってきた飴細工を見て心から嬉しそうな笑顔を浮かべてくれたのを見て、ようやく私は気付くことができたのだ。

私は――アナが好きなのだと。

本当はもっと早くに気が付くべきだった。

アナがいなくなった王都の邸が寂しかったことも、もらったクッキーが凄く嬉しかったことも。アナの力になりたくて、顔が見たくて、伯爵領までの道のりを必死で馬で駆けたことも。

……どう考えても好きだからだろう。私は阿呆《あほう》なのか？

思わず頭を抱えてしゃがみ込みたくなったが、そんなことをしている場合ではない。

自分なりに心を入れ替え、アナに対する態度を改めたり領地経営について学んだりはしているが、こんなものでは全然足りない。

私が両手で頬をパンパンと叩いて執務机に着くと、そこには昼間確認していた領地経営に関する資料が大量に積み上げられていた。

『ユージーン、お前もやっぱりお義父上や側の人間《あちら》《の》ソフィアと同じなのか？　俺のことを馬鹿にしているのか？』

幼少期、父から散々かけられた言葉が私の脳裏に蘇る。

父の哀《かな》しそうな声とドロリと濁った目を思い出すと、今でも自分のしていることが間違っているのではないかと心がざわついてくる。

私の父は善人でもなく、悪人でもなく、ただただ弱い人だった。

稀代の名領主といわれた義父も、無欠の令嬢と呼ばれた妻も、彼にとっては重荷でしかなかったのだろう。せめて息子である私には無能な領主であってほしいと願う父は、幼い私が政治や経済について学ぶと激昂《げきこう》した。お前もあちら側《こちら》なのか、と。

反面、私が芸術や音楽、考古学に興味を持つととても喜んだ。金勘定など貴族のすることではない、と言って。

いつしか、私もそれが正しいと思うようになってしまったのだ。

そして、自分の弱さを認めたくなかった父は女に逃げた。

世間では父は領地経営も放り出して女遊びばかりしていただらしない人間だといわれているが、彼は弱かっただけなのだ。

私は父が……嫌いではなかった。

「私は、もう逃げるのはやめるよ。父上」

私の中にいる、父の幻影が消えることはないだろう。私も父と同じ弱い人間だからだ。だから私は、逃げるのではなく向き合おうと思う。自分の弱さと。

「アナは、絶対に守ってみせる」

私は引き出しから一枚の便箋を取り出すと手紙を書いた。

本音を言えば私一人の力でアナを守りたいところだが、王太子と筆頭公爵家の両方が相手なのだとしたら私の力だけでは足りないだろう。

だが、一人の力で足りないのならば、信頼できる誰かの協力を仰げば良いのだ。

私のちっぽけなプライドなんぞ、アナの安全に比べれば塵《ごみ》も同然だ。

「あなたを信じますよ……アレクサンダー殿……！」

◆　◆　◆

王都からの報《しら》せを受けて何となく落ち着かない気持ちで過ごしていたある日の午後。

まるで私の気持ちを表しているかのように突然激しい雨が降ってきた。

実はここ数年フェアランブル国内では自然災害が増えているのだが、そんな中でも安定した気候を保っている伯爵領でこんな大雨が降るのは珍しい。

「雨、止まないですね」

「本当ね。こんなに続くとは思わなかったわ」

マリーと二人、不安な気持ちで窓の外を眺める。

数時間前から突然降り始めた大雨は、そのまま止むことなく降り続いていた。

旦那様、大丈夫かな。

旦那様はこの大雨が降り始めてすぐ、領内で危険な場所がないか確認するために護衛達と見回りに出掛けた。最近の旦那様は、つい最近まで領地経営をマーカスに丸投げしていたとは思えないほど積極的に領地に関わっている。

先ほども、危険ではないかと心配する邸の使用人やマーカスに、そんな時だからこそ領主自らが領民の安全を確認するべきだと言って邸を出ていったのだ。護衛も一緒だし、流石に危険な場所には近寄らないとは思うのだけど。

大雨で警戒が必要なのは、川の増水や崖崩れ……あとは鉱山の崩落だろうか。

そんなことをぼんやり考えていると、不意に邸の玄関が騒がしくなったことに気が付く。

「あぁ、お願いします！　どうか、どうか子ども達を助けてください！」

子ども達……って、この声は！

聞き覚えのある声に、思わず部屋を飛び出す。

姿を見られるわけにいかない私は、はしたないとは思いつつも二階の踊り場の手すりから身を乗り出すようにして一階の玄関ホールを覗き込んだ。

やっぱり！　公園で一緒に遊んだ子達のお母さんだ！

マーカスに縋り付くようにして事情を説明しているその母親の話を必死で聞き取ると、子ども達が数人、川の中洲《なかす》に取り残されているらしいことが分かり顔から血の気が引いていく。

この雨の中、外にいるだけでも危ないのによりにもよって川の中洲だなんて！　最早《もはや》事態は一刻の猶予も許さないはずだ。助けを求めにきた母親を詳しい事情を聞くため邸の奥へ通すと、玄関ホールは急いで準備を整える護衛達の声や指示を出すマーカスの怒号で溢れかえった。

「私も、私も連れていってください！」

「奥様!?」

我慢できずマーカスや護衛達の前に飛び出した私を見て、みんながギョッとした顔をする。当然だ。普通に考えれば領主夫人の出る幕ではないし、どう考えても足手纏《あしでまと》いにしかならない。

しかし違うのだ。私は何も感情的になって、勝算もなく付いていくなどと喚《わめ》いているわけではない。

むしろ、ここにいる誰よりも自分が適任だと思うからこそ言っているのだ。

〝アナー、どうしたの？〟

ふよふよと精霊達が飛んでくる。そう、私には精霊達が付いている。

精霊は自然現象との親和性が高い。流石にこの大雨を止めるなんてことはできないだろうが、少し雨足を弱めたり川の流れを緩やかにすることくらいはできるはずなのだ。

実際に私は、子どもだった頃にその精霊達の力で助けられたことがある。

それだけでも、どれだけ子ども達の救出活動の助けになることか！

「落ち着いてください、奥様。いくら何でも無茶ですよ！」

当然のように私は連れていけないと主張するマーカスの言葉に必死に食い下がる私を、マリーが抱きかかえるようにして止めにかかる。

駄目だ。誰も私を信じてくれない。

この状況ではそれが当たり前だと頭では分かっていても、感情がついていかない。

このままではあの子達が危ないのに。私が行けば、きっと助けられるのに！

『アナお姉ちゃーん！』

屈託なく笑うあの子達の顔を思い出し、涙が溢れそうになったその時。

玄関の重い扉が開き、激しい雨音と共にずぶ濡《ぬ》れになった旦那様がホールに飛び込んできた。

「話は聞いた、すぐに川へ向かう！　準備のできた者は外へ！」

旦那様の声に反応し、準備の整った護衛達がすぐさま玄関から飛び出していく。

旦那様！　そうだ、旦那様なら！

私はマリーを振り切るようにして旦那様に向かって走ると、ずぶ濡れの旦那様の胸に縋り付くようにして声を上げた。

「旦那様！」

「な⁉　あ、アナ？　一体どうし……」

「私も連れていってください！　お役に立てるのです！」

真っ直ぐ旦那様の目を見てそう言えば、旦那様も私の目を真っ直ぐ見つめ返してくれた。一瞬の逡巡《しゅんじゅん》の後。

「分かった」

旦那様はそう言って頷くと、周りの護衛が準備していた分厚い防水コートを一枚受け取り、私に被せる。

「ユージーン様⁉」

マーカスや使用人達が戸惑いと非難が入り交じった声を上げたが、旦那様ははっきりと言った。

「私の決定だ！　アナスタシアは、考えもなく無謀なことをする人間ではない！」

周りがハッとする中、旦那様は私の手を取ると玄関から外へと飛び出す。

信じてくれた……。

確かに旦那様は精霊達のことを知っているから。

だから私の言い分を聞いてくれたのかもしれない。それでも。

「大丈夫か？　雨は激しいぞ!?」

「大丈夫です、伊達《だて》に下町暮らしをしていませんよ！　そこらの令息より、私の方がよほど頑丈です！」

旦那様は自分の愛馬に私を乗せると、その後ろに自分も飛び乗る。

「子ども達が心配だ！　皆、急ぐぞ！」

旦那様がそう叫ぶと、皆が一斉に馬で走り出した。前が見えにくいほどの激しい雨のなかで、旦那様の邪魔にならないように必死で姿勢を保つ。

旦那様はこの悪天候のなか、片手で私を支えながら片手で手綱を操っていた。

——お願い、無事でいて！

子ども達の無事を祈りながら川の近くまで馬を走らせると、子ども達を助けようと集まった領民達が川岸で騒いでいるのが見えてきた。

大雨のせいで視界が悪いけれど、子ども達が取り残されている中洲は一見すると対岸のようにも見える。幸い思ったより大きな中洲なので、直ぐに流されるようなことはないだろう。

取り残されている子ども達は四人。木の下に隠れて、年長の子どもが年少の子どもに覆い被さるようにして雨から守っているのが見える。

旦那様は一緒に来ていた護衛達にいくつか指示を出すと、私を皆から少し離れた木の下に降ろした。

もちろんここでも雨はかかるが、激しい雨が直撃するより大分マシだ。

「精霊の力を借りるのか？」

「はい、やってみます。旦那様は、あちらの人達が無茶な救助を始めないように止めていただけますか？　あの流れの中に入るのは、訓練を積んだ大人でも危険です。機は私と精霊達が作ります」

旦那様は頷くと、川辺へと走っていった。さぁ、ここからが私の勝負だ。

「あそこに取り残されている子ども達を助けたいの。手伝ってくれる？」

私は、いつものように付いてきてくれた精霊トリオにそう聞いた。

〝いいよー！　任せて！〟

〝でも、僕たちの力だけじゃ足りないよ？〟

〝アナのまりょくをわけてー！　クッキーみたいに！〟

まりょく……魔力？　それであの子達を助けられるのなら、魔力くらいいくらでも分けたいのだが、そのやり方が分からない。

「魔力って、どうやって分ければいいの？」

〝えー？　いつもアナ、僕たちにくれてるよ？〟

〝クッキーにも、魔力入ってるよ？〟

そう言われても、意識してやっているのではないのでどうしていいのか分からない。降り続ける雨に気ばかり焦るし、気のせいか川辺の人達も揉めている気がする。きっと早く子ども達を助けに行きたいのだろう。当然だ。

あぁ、どうしよう。

無理を言って付いてきたくせに、自分自身では結局何にもできないなんて……。

〝応援して！〟

「え？」

〝僕たちやってみるから、アナは応援して！〟

そう言って、精霊トリオのうちの一人が川の方へと飛んでいく。私が困っているのを感じて、助けようとしてくれたのかもしれない。

〝がんばってーって、力を送って！〟

〝お祈りしてて！〟

それを見た二人の精霊も、私にこう言うと今度は空の方へ飛んでいく。

――これで合っているのか、分からないけど!!

私はガッとお祈りの形に手を組むと、泥だらけになるのも構わず、その場に膝をついた。

――頑張って、頑張って！　私の力なら全部あげるから、あの子達を助けて――!!

必死にお祈りをしていると、気のせいか御守りのペンダントが温かくなってきた気がして、ほとんど無意識にペンダントを握り締めて祈り続ける。

どれくらいそうしていただろうか。ほんの数秒にも、数十分にも感じる不思議な感覚のなかで、沢山の精霊達の声が聞こえた。

〝〝〝僕たちも、手伝うよー!!〟〟〟

その瞬間、川辺の方からも「わっ」と明るい歓声のようなものが聞こえてくる。

「雨足が弱まってきたぞ！」

「川の流れもだ！　今なら行ける！　早くロープを‼」

「奇跡だ！」

あぁ、良かった。これで子ども達を助けに行けるのね――。

安心して気が抜けたせいか、自分の身体がグラリと傾いた。

何？　私、どうしたの？　体に力が入らない……。

段々と暗くなっていく視界の中で最後に私が見たのは、必死にこちらに向かって走ってくる旦那様の姿だった。

――旦那様、後は……任せました……。


「わぁー、昨日の大雨が嘘みたいに晴れましたね！」

「ああ、それはそうなのだが……本当に休んでいなくて大丈夫なのか？」

昨日私が気を失った後、天候はみるみる回復し子ども達は四人とも無事に救出された。長時間雨に打たれたこともあり、念のためお医者様にも診てもらったけれど健康状態に問題はないそうだ。本当に良かった、一安心である。

「はい！　しっかり寝てしっかり食べましたし、今はすっかり元気です！」

あの後私は、大袈裟に気を失った割に、すぐに目を覚ましたのだ。

旦那様が大慌てで私を抱きかかえて馬車まで運ぼうとしていたところで目を覚ましたものだから、二人とも大層気恥ずかしい思いをした。忘れよう。

ちなみに一晩ぐっすり寝た今は、いつも通りの絶好調だ。

あれだけ雨に打たれたのにもかかわらず、風邪一つひかない私の頑丈さよ。

そこらの貴族令嬢には真似できまい。

「しかし……精霊の力というのは、凄《すさ》まじいものなのだな」

「そうですね。母からは、精霊の存在は自然の力そのものだと聞いたことがあります。私が困っていればきっと助けてくれるから大切にするように言われていて、実際助けてもらったこともあったのですが……。正直、ここまで凄いとは思いませんでした」

あの時、ペンダントが温かくなったように感じたのは気のせいだったのだろうか？

ペンダントについても、精霊についても、お母さんについても、なんだか謎が深まってしまった気がする。

お母さん、お父さん、今どこにいるの？　私、二人に聞きたいことだらけだよ……。

◇　◇　◇

それからも慌ただしい日々は続き、気が付けば王都へ戻る日が三日後に迫っていた
その日、ついにドレスが完成したとの連絡があった。

今日これから仕立て屋さん達が完成したドレスを持ってくるそうで、私と旦那様はサロンでお茶を飲みながらドレスの到着を待つ。

「ドレス、楽しみですね！」

「ああ、そうだな」

言いながら、お茶請けのクッキーに手を伸ばす旦那様。このクッキーは、昨日私が焼いた物だ。忙しい毎日のなかでも、クッキーを焼くのは良い気分転換になる。

……旦那様って、実は甘い物好きだよね。

少し前にも焼いたのだが、精霊達に交じってクッキーをもらいにくる旦那様を見た時は笑いを堪えるのが大変だった。

「ドレスといえば、結局王太子殿下は何をなさりたかったのでしょうね」

嬉しそうにクッキーをサクサクさせている旦那様を眺めながら、私はふと浮かんだ

疑問を口にした。大雨騒動の何やかんやですっかり忘れていたが、問題は何一つ解決していないのだから気を引き締めなければいけない。

王太子、と聞いた旦那様は、途端に苦虫を噛み潰したような顔になる。

「分からないが、それだけに不気味だな。こちらでも色々探らせてはいるが、アナも十分気を付けてくれ」

〝僕たちもいるから大丈夫だよー！〟

どこからか現れた三人の精霊達が、〝お邪魔しまーす〟とテーブルにチョコンと座ってクッキーを食べ始めた。

旦那様が慌ててもう一枚クッキーを手に取る。

「あなた達、また王都についてきてくれるの？」

〝もちろんついてくよー！〟

〝僕たちアナと一緒が楽しい！〟

〝あのね、この前の大雨の時に気付いたんだけど、僕たちアナと《仮契約》の状態になっているみたいなんだ〟

……仮契約？

〝僕たち精霊はね、あまり《個》で認識ってされないんだけど、アナは僕たちが分か

るでしょう?〃
〝名前を付けると、《個》になるの。だから契約〃
〝今、僕たち、名前はないけど《個》なの。だから仮契約〃
おお、何か分かるような、分からないような……。
「契約するとどうなるのだ?」
〝僕たちがパワーアップするの!〃
〝精霊としての力も高まるし、それぞれ個性が強くなって得意なものとかできるみたい。たとえば僕は色んなことが分かるようになって、伝えるのも上手くなったよ〃
〝僕は分かんないなー。あ！　飛ぶのが早くなったかも!〃
確かに他の精霊に比べてこの三人は個性が強いと思っていたし、真ん中の少しだけ青っぽい子は随分としっかり話すな、という印象はあった。
〝だからアナ！　僕たちと契約しようよ!〃
〝お名前付けてー!〃
「な、名前……実は、名前はちょっと……」
私が躊躇《ちゅうちょ》していると、タイミング良く扉がトントンとノックされた。
「伯爵様、奥様、仕立て屋さんが来られましたよ!」

私達が客間へ行くと、以前のように仕立て屋さん達が深く頭を下げた状態で待っていた。部屋の中心部には恐らくドレスが飾ってあるのであろうトルソーが置かれ、上からふんわりと布が掛けられている。

「頭を上げてくれ。ドレスが完成したと聞いた。早速見せてもらえるか？」

旦那様がそう言うと、仕立て屋さん達は顔を上げ、恭しくトルソーに掛けられている布を払った。

「これは……素晴らしいな。私も様々な夜会に出てきたが、こんなに美しいドレスは初めて見た」

旦那様の最大級の賛辞を得て、仕立て屋さん達は感動のあまり泣きそうになっている。私も改めてドレスを見る。

――凄い、綺麗……。

まさに正統派クラシカルと呼ぶに相応しい仕上がりのそのドレスは、素晴らしいの一言に尽きた。

ハミルトン・シルクの優雅な光沢に、繊細な刺繍で彩られた見事なまでのグラデーション。緻密な計算から生み出されたであろう美しいライン。細部に至るまで極めて上質なレースで飾られたそのドレスは、光の加減でキラキラと輝いて見える。

「これは、間違いなく王都で仕立てるよりも素晴らしいドレスになったな！　ははっ！　やったぞアナ！」

「はい！　旦那様！」

その後は、無茶な日程でこんなに素晴らしいドレスを仕上げてくれた仕立て屋さん達を存分に労《ねぎら》い、この場にいない手伝いをしてくれた人達にもくれぐれもよろしく伝えてくれるように頼んだ。

仕立て屋さん達は、とても誇らしげに帰っていった。

邸の中もドレスが間に合った安堵感に包まれ、早速王都に早馬を出す。セバスチャンやミシェル、他の王都の使用人達にも早くこのドレスを見せてあげたいな。


「はぁー、まだこれからが本番とはいえ、ひとまずほっとしましたね」

夜、続きの間で旦那様と二人お茶を飲みながら話をする。

実は最近、いつの間にかこれが日課になってしまっている。

〝ねーねー、アナー。もうお仕事終わったなら僕たちにお名前付けてよー〟

部屋で私達を待っていた精霊トリオは、珍しく昼間の話題から離れない。

「どうした、アナ？　やはり精霊と契約を結ぶという未知の行為には不安があるか？」

心配そうに聞いてくれる旦那様に、ちょっと罪悪感が生まれる。

違うのだ。いや、本当は精霊と契約するなんてもっと慎重になった方がいいのだろうけれど、幼い時からずっと一緒にいた精霊達が今更私に害をなすとは思っていない。

ただ、その、私……。

「ネーミングセンスが……ないのです」

「ん？」

「昔から、絶望的にネーミングセンスがないと言われていて、両親からも可哀想だから生き物に名前を付けるのはやめてやれと……」

「……そんなにか？」

項垂れるように頷く私の周りを、三人の精霊が励ますようにパタパタと飛ぶ。

〝大丈夫だよ、アナ！〟

〝アナが付けてくれる名前なら何でも嬉しいよ！〟

〝お名前付けて！〟

……本当に？　本当に私が名前を付けても良いのだろうか？

私が顔を上げると、精霊達も旦那様も力強く頷いてくれた。

それに勇気付けられた私は、思い切って自分が考えていた三人の精霊の名前を、恐る恐るゆっくりと、それでもしっかりと口にする。


「ハッスル！　マッスル！　タックル！」

〝〝〝拒否する!!〟〟〟


私の渾身の命名が秒で拒否された。

「……思っていたより大分酷いな」

うわーん！　だから言ったじゃないですかー！

それから私は、精霊達に「すみません……時間を下さい」と、どこぞの締め切りに追われた作家ばりに頭を下げて数日待ってもらうことにした。

どこの世界にネーミングセンスのなさが原因で精霊と契約を結べるという僥倖《ぎょうこう》を棒に振るやつがいるというのか。涙ちょちょぎれそうである。


翌日は、私が夜会のために領地で学んだことを皆の前でお披露目する予定の日だった。伯爵邸で夜会を模したパーティーを開くのだ。

……とはいっても招待客は誰もいない。私達伯爵夫妻と使用人達だけの小さな、でも温かいホームパーティーである。

流石に本番用のあのドレスを着るわけにはいかないけれど、私はきちんとドレスアップをして、旦那様にエスコートされて玄関ホールに入った。ここからは予行演習も兼ねて、本番の夜会さながらの振る舞いをしなければいけない。

「ふふっ、みんな張り切ってパーティーの準備をしていましたね。思っていたより本格的なので、何だか緊張してしまいそうです」

エスコートのために差し出された腕にそっとつかまり見上げた旦那様は、いつもは下ろしている前髪を上げていて、それだけで何か雰囲気が違う。

まぁ、美形は何をしても美形なのですけどね。

これは、ドレス負けだけでなくパートナー負けの心配もしないといけないかもしれない。私、大変過ぎる。

「少し緊張するくらいの方が練習になっていいのではないか？」

「そうですね、ではここからは本番だと思って臨みます。私、どこもおかしいところとかないですか？」

そう言って笑う旦那様に尋ねると、旦那様は私を上から下までしっかりと確認して頷いてくれた。

「ああ、何もおかしくない。大丈夫だ」

安心した私が前を向いたタイミングで、「ハミルトン伯爵ご夫妻、ご入場です」という案内の声が聞こえて扉が開かれる。

私が前を向いたまま、笑顔で一歩足を踏み出そうとしたその時。

「……綺麗だよ」

旦那様の声で隣からそう聞こえて、驚いて足がもつれそうになった。

ちょ、不意打ちはやめてくださいよ⁉

気のせいかとも思って旦那様の方を見上げると、旦那様は耳まで真っ赤になっていた。……うん、ご本人の発言ですね。

ここからは本番モードだから、お貴族様特有の甘いお言葉の一つでも披露したのだろうか？

でも、以前旦那様は『私達が政略結婚で結ばれた夫婦なのは皆が知るところだから、わざわざ仲睦まじいフリをする必要はない』と言っていたはずだしな。

……もしかして、方針転換？

それならば緑の目立つドレスを『構わん』と言っていたのも納得がいく。私達が仲睦まじいと思わせておいた方が都合の良いことでもできたのだろう。それならそれで構わないけど、方針が変わったのなら、ちゃんと説明しておいてくれないと……。

ビジネスでもホウレンソウは大事なのですよ？

報告・連絡・相談です！

この件については夜にでもしっかり確認しなくては。

私がそんなことを考えている間にも、パーティーはつつがなく進行していった。

私の社交相手の令嬢役を買って出てくれたダリアとそのパートナーのマーカスとお貴族様的な会話を楽しんだり、ダンスを披露して拍手喝采を浴びたり、ベーカー特製のご馳走を堪能したり。パーティーの楽しい時間はあっという間に過ぎていく。

悲しいかな実際の夜会がこんなに楽しいわけはないので予行演習とは少し離れてしまったけれど、このパーティーは間違いなく領地での素敵な思い出の一つになった。

正直、さっきから楽しくて楽しくて堪らない。

「ふふ、楽しいです、旦那様！　もう一回おどりましょうよー！」

「……アナ？」

旦那様の手をグイグイ引っ張ってホールの真ん中へ連れていこうとするのだが、何だろう？　さっき沢山踊ったからか、足が少しふわふわする。

「あれ？　ダンスの音楽が鳴っていませんねー？」

「ちょ、アナ。……酔っているな？　おい！　誰かアナに酒を飲ませたか⁉」

「夜会でお酒もお召しになるだろうと、練習のためにほんの少しお出ししましたが本当に少しですよ？　アルコール分も少ないものですし……」

戸惑う使用人達と、旦那様が慌てて何かを話している。

んー？　なんか、あった……のか、なぁ？

「とりあえず座れ！　水も飲め！　そんなに酒に弱かったのか⁉」

「はじめてお酒のみましたぁ！　美味しかったです！」

ケラケラ笑う私を見て、マリーが真剣な顔をして旦那様に言う。

「伯爵様、夜会では絶対！　奥様にお酒を召し上がらせないでくださいね」

「無論だ。とりあえず、私達は部屋に戻る。食事がまだの者もいるだろう。皆はこのまま楽しんでくれ」

旦那様の声が顔のすぐ横で聞こえたかと思うと、身体がふわっと浮き上がる。

んー？　これはもしや……？

「へあ⁉　だ、旦那様！　歩けまふ。歩けまふからおろしてくだしゃい！」

なけなしの理性を総動員して訴えるが、旦那様は全然聞いてくれない。

ふわふわした頭の中と、心地よい振動と、旦那様の腕の中にいる温かさで、段々と私の意識は暗転していった。


ん……。なんか安心する、のが、なんか悔しい……。

◇

そして、朝。

チチチチ……という小鳥の囀《さえず》りで目を覚ました私はガバッとベッドから飛び起きる。

そこは見慣れた自分の寝室ではなく。

「……なんで私、夫婦の寝室で寝ているの……？」

駄目だ。昨日、旦那様にお姫様抱っこされて部屋に戻る途中から記憶がない……。

これはまさか、隣を見るとしどけない姿の旦那様がいるとか、そういうアレじゃないよね!?

ドッドッドッと心臓が鳴るのを感じながら、ギギッと首を動かして自分の隣を見る。

予想に反してそこは無人で、ほっとした私は「はあぁー」と脱力した。

ビックリしたー。良かった、そこまで取り返しのつかない失態はさらしてないみたい。まさか、ちょぴっとだけ飲んだフルーツワインであんなことになるとは思わなかった。

お酒ダメ。絶対。

少し安心して改めて自分の姿を見ると、きちんと部屋着姿になっていた。

もちろん着崩れたりもしていない。着替えた記憶はないのだが、無意識に自分で着替えたのか、マリーかダリアが手伝ってくれたのか……。

ふと人の気配を感じて部屋の中を見ると、ソファーで旦那様が眠り込んでいた。

旦那様⁉　何故にソファーで？

「旦那様。旦那様。起きてください。こんな所で寝ると身体が痛くなりますよ？」

声をかけて体を軽く揺さぶるが、旦那様に起きる気配はない。初夜の時にも思ったけど、旦那様はどうも寝起きがすこぶる悪いらしい。

あの時は容赦なく転がしたが、今日に関していえばどう考えても私が迷惑をかけたのだろうから、そんな手荒な真似をするわけにもいかない。

もう少し寝かせてあげた方がいいのかな……？

とりあえず、ずり落ちかかっていたタオルケットを旦那様の肩まで掛け直していると、うっすらと旦那様の目が開く。

「……おはよう、アナ」

目覚めた旦那様は、今まで見たこともない、蕩《とろ》けるような笑顔でそう言った。

おおおっ？

「おはようございます、旦那様。昨日はご迷惑をお掛けしてしまってすみませんでした。旦那様は何故こんな所でお休みになっていたのですか？」

「アナが……途中で具合が悪くなるといけないと思ってな。そうかと言って隣で寝るわけにもいかないだろう？」

言いながら旦那様はムクリと半身を起こす。

それはつまり、私のことを心配して、旦那様自らが見てくれていたと？

何で何で？　何だか随分とお優しいじゃないですか？

「そんな、ご迷惑をお掛けして申し訳ないですわ。マリーかダリアを呼んでくだされば……」

私が話していると、言葉の最中に旦那様に手をキュッと握られた。

えっ、ちょっ、何事!?

「そんな水臭いことを言わないでくれ、アナ。……その、昨夜はありがとう。折角アナから努力する機会をもらったのだ。これからはきちんと夫としてアナに尽くしたい」

そう言って旦那様は先ほどよりも更に甘く微笑むと、私の手を引き寄せる。

機会とな!? 困った、全然話が見えない。

っていうか、距離が近い！ 近い!!

「それに、少しも迷惑だなんて思っていない。一晩中一緒にいて、アナの寝顔も見られたのだ。役得だ」

狼狽《ろうばい》する私をよそに、旦那様は引き寄せた私の手を愛《いと》しそうに見つめると、そのままその甲にそっと唇を落とした。


ちょっとおぉぉー！ 何があったらこうなるの!? 教えて、昨日の私ー!?


その後も、「きっと旦那様は寝ぼけていたのね！ お昼も過ぎればいつも通りに戻るはずだわ！」という私の期待も虚《むな》しく旦那様が元に戻ることはなく。

翌日私は、無駄に薔薇色《ばらいろ》の空気を醸し出す旦那様と共に魔道馬車に監禁《密室》されて、王都へと連行される羽目になったのだった……。

第四章　いざ、決戦の夜会へ！

王都へと続く道のりを、ハミルトン伯爵家所有の魔道馬車が二台連なって走る。

一台でも目が飛び出るくらいのお値段のする魔道馬車を二台も所有しているなんて、流石にもう驚かないだろうと思っていたハミルトン伯爵家の経済力にまた驚かされてしまった。

「大丈夫か、アナ？　疲れてはいないか？　喉が渇いたらすぐに言ってくれ。マリーから預かったカモミールティーがあるからな」

マリーから託された魔道瓶を見せながら、向かいに座った旦那様が爽やかな笑顔で話しかけてくる。

〝お茶もいいけどさ、やっぱりクッキーだよ、クッキー！　ねぇユージーン、クッキー出してー〟

「いいぞ！　アナのクッキーは最高だからな」

〝いえーい！　ユージーン、ヒューヒュー〟

〝ヒューヒュー！〞

「…………」

馬車の中は私と旦那様だけなのをいいことに、精霊トリオも寛ぎまくってこちらを囃し立てたりしてくる。

くっ！　どんどんと俗世間に染まりおって！

もう名前《ト》と《リ》と《オ》とかで良くない？

旦那様が無駄に薔薇色の空気を醸し出すようになってからもう丸二日が過ぎた。

最初は酔っていて覚えていないというのも気まずくて我慢したのだが、理由も分からずいきなり変貌を遂げた人間とずっと一緒なのは余りにも落ち着かない。

馬車の中で私を見つめる目がやたら甘い上、少し身じろぎするだけで「暑くないか？　寒くないか？　飲み物はどうだ⁉」とか甲斐甲斐《かいがい》しく世話を焼こうとするし。

休憩で馬車を降りて街に立ち寄る度に、流行《はや》りのスイーツだの綺麗な花束だの抱えて戻ってくるし。

遂《つい》にはあれだけ私達を囃し立てて楽しんでいた精霊トリオも、この状況に飽きてどこかに飛んでいってしまう始末だ。……最早私も限界である。

「旦那様！」

「うん？　どうしたアナ？」

「大っ変申し訳ないのですが、パーティーのあった夜に何があったのか教えていただけませんか？　実は私……何も覚えていないのです！」

意を決してそう言った私の言葉を聞いて、旦那様の顔色が悪くなっていく。

「覚えて……いないのか？」

「はい。その……私は、一体旦那様に何の機会を差し上げたのでしょう……？」

「何の機会って……そ、それはだな……」

◆　◆　◆

領地の邸で催したパーティーは、私にとってはまさに夢のように幸せなひと時だった。

アナが可愛い。ドレスアップしたアナがこの世のものとは思えないほど可愛い。

しかしこのパーティーは、夜会に出たことがないアナの練習のためにと使用人達が準備したものだ。私が浮かれている場合ではない。

たとえ私の腕につかまるアナからいい香りがしても、たとえいつもより近い距離で囁くアナの声が可愛くても、たとえ初めて密着したアナが柔らかくても……って、私の阿呆！　これじゃ変態ではないか!!

私は脳内で自分を平手打ちしながらアナをエスコートし、ダンスを踊る。

さながら精神修行のようだが、もうこれはかつての自分の愚行に対する禊《みそぎ》だと思って耐えるしかない。

私の苦悩をよそに順調に時間は過ぎていき、このまま無事に終わるかと思いきや、パーティーも終盤に差し掛かった頃に小さな事件が起こった。

初めて酒を口にしたというアナが、少量のフルーツワインですっかり酔ってしまったのだ。

「へあ!?　だ、旦那様！　歩けまふ。歩けまふからおろしてくだしゃい！」

アナが私の腕の中でジタバタと力なく暴れているが、自力で歩けるだけの力が残った人間は、普通「歩けまふ」とか言わない。

ていうか何だよ、「おろしてくだしゃい」って。可愛すぎか！

部屋の前までアナを抱えてきたはいいが、ふと、どの部屋に入ればいいのか分からないことに気が付いた。私の部屋に連れ込むなど言語道断だし、アナの部屋に勝手に入るのも気が咎《とが》められる。

ここはやはり夫婦の寝室が無難だろうか。

そう考えて、夫婦の寝室の大きなベッドにアナをおろす。

この頃にはアナはすっかり眠りに落ちてスースー寝息を立てていた。

全く、無防備にもほどがある。これは夜会では絶対に目を離さないようにしないといけない。もちろん飲酒も絶対禁止だ。

初めて見るアナの寝顔はあどけなくて、いつもの頭と口の回転の速いアナより随分幼く見えた。

人の気も知らずに、気持ち良さそうに寝ているな……。

これくらいは許してもらおう。と、しばらくアナの寝顔を眺めた後、このままでは寝にくかろうとマリーを呼んだ。

アナとの時間は名残惜しいが、まさか私がドレスを着替えさせるわけにはいかない。

自室でボンヤリと考えごとをしながら今日の出来事を噛み締めていると、トントンと扉が遠慮がちにノックされた。

「伯爵様、マリーでございます」

マリーか。アナの着替えが終わったのか？

「ああ、どうした？」

扉を開けて返事をすると、何やら困った感じでマリーが話す。

「その、奥様が、伯爵様を呼ばれているのですが……」

「なに？　アナが、私をか!?」

思わず前のめりになってしまい、マリーが二歩ほど後ずさった。

「それが、まだ酔いが覚めていらっしゃらないようで、ほうれん草がどうのと……」

「ほうれん草？」

確かアナはほうれん草のキッシュが好物だったな。空腹なのか？

「恐らく寝ぼけていらっしゃるようなので、このままお寝かせしますか？」

「いや！」

凄い勢いで否定したのでマリーが少し驚いている。いかん、変な主人だと思われてしまう。

「コホン。いや、その、私が行くから良い。……妻が呼んでいるなら、夫は行くべきであろう？」

私がそう言うと、一瞬キョトンとした後、嬉しそうにマリーが頷いた。

「旦那さま！　遅いでふ！　しょこに座ってくらさい」

部屋に入ると、全然酒が抜けていないアナが回らない呂律《ろれつ》で一生懸命私に向かって話しかけてきた。何これ可愛い。

「いいでふか？　ビジネスでもほうれんそうは大事なんれす。ほうこく、そうだん、れんれんれんです」

いや、絶対違うだろ。しかもそれだと放送連だぞ。ていうか、れんれんれんって何だ。

「なので、方針がかわったのなら、ちゃんと伝えてくれないと困るのれす」

「方針？」

「結婚生活の方針れす。仲良く見せるのかー、見せないのかー、決めてくれないとわかりません。今は、ひつよー最低限の夫婦のはずなのに、最近旦那さまがやさしいんでふよ」

……必要最低限。もしかして、結婚式の翌日に言ったあれか？

『私達が政略結婚で結ばれた夫婦なのは、皆が知るところなのだ。わざわざ仲睦まじいフリをする必要はないだろう』

『では、必要最低限の務めは果たしている、というのが伝わればそれでよろしいのですね？』

かつてアナと交わした会話を思い出す。改めて思い返すと、ド最低野郎だな、自分。

「ちゃんと決めてくだしゃい。どうしたらいいのですか？　私」

「わ、私は……！」

思わず立ち上がって、そのままの勢いでアナの前に跪《ひざまず》く。

「都合の良いことを言っているのは分かっている。でも私は、私は……、アナと本物の夫婦になりたい！」

「「……………」」

恐らく全く想定していなかったことを言われたのだろう。

アナはコテンと首を傾げるとうーんと考え込んでしまった。

「それはちょっと……さいしょのお話と違いすぎませんかねぇ？」

——断られる！

私はなりふり構わず目の前にあったアナの手を取ると、跪いたまま懇願した。

「そこを……そこを何とか！　精一杯努力する！　……そうだ、試用期間！　試用期間を私にもくれないか!?」

「しようきかん……ですか？」

今度は反対側に首をコテンと傾けてアナが聞いてくる。

いちいち可愛いなちくしょう！

「そう、試用期間だ！　私が本当の夫として使えるかどうか、試してみないともったいないだろう!?」

ここぞとばかりに畳み掛ける。ここを逃したら、恐らく私にはもう後がない。

そもそもとっくに手遅れだとしても無理はないのだ。それだけのことをしてしまった自覚はある。怖くて顔を伏せ、心の中で祈る私の頭上から救いの言葉がもたらされたのは、数秒後のことだった。

「うーん……じゃあ、いいでふよ。あげます」

感動の余り、泣くかと思った。今までの分もこれからは夫としてアナに尽くそうと心に誓う。

ありがとうアナ。私は生まれ変わるぞ！

ニューボーンユージーンだ！

「と、いうわけでだな、私はアナと《本物の夫婦》になるために、生まれ変わって夫としてアナに尽くすと心に決めたのだ！」

「…………」

ショックで顔色を悪くしていたはずの旦那様の頬が話をしているうちに興奮で紅潮していき、逆に私の顔から血の気が引いていく。

いやいやいやいやいや……ツッコミどころが多過ぎて、最早何から突っ込めば良いのか分からない。とりあえずニューボーンユージーンって何だ。

旦那様からあの夜の真相を聞いた私は思わず頭を抱えたくなった。

正直に言えば、最近当たりが柔らかくなった旦那様を見て「円満夫婦を装う方に方針転換したいのかな？」くらいのことは考慮に入れていたのだ。しかし、まさか旦那様が私と本物の夫婦になりたいと思っていたとは想像の斜め上過ぎる。

……やっぱり、それはアレだよね。

気付いちゃったってことだよね、《跡継ぎ問題》に。

当初私は旦那様には愛人がいると思って伯爵家に嫁いできた。その場合、私達が白い結婚でも別に問題はない。愛人さんがきちんと旦那様の血を引いた子どもを産んでさえくれれば、その子を書類上の妻《アナスタシア》の子として届け出ればいいだけなのだ。

エゲツない話ではあるが、貴族社会では珍しくもない。

しかし、旦那様には愛人はいなかった。作るつもりもないらしい。

初めにそれを聞いた時は、ならば跡継ぎはどうするのだろうかとは思った。

思ったのだが、私にとってはその方が何かと都合が良かったのでシレッとそのまま白い結婚へと話を持っていったのだ。

そう、実はあの時旦那様は、『君を愛するつもりはない』とは言っていたが、白い結婚にするとは一言も言っていない。愛なんてなくても、それはそれとして据え膳は美味しくいただく男性なんて腐るほどいるだろう。私は旦那様の暴言を利用して、自らの意思でまんまと床入りを回避したのだ。

まさか伯爵家の当主が跡継ぎについて考えないなんてあり得ないし。

私とはほとぼりが冷めたら離婚して、後妻さんに子どもを産んでもらうなり親戚筋から養子をもらうなりするのだろうな、くらいに思っていた。

しかし、ある日私は気付いたのだ。

「この人、実は本当に何も考えてなかったのではなかろうか」

と。少なくともあの時点では恐らく本当に何も考えていなかった。

旦那様はちょっと、良くも悪くも貴族の常識では測れないところがある。

実はいつか跡継ぎ問題に直面する日がくるであろうことは覚悟していて、今さら愛人なんて言われたらちょっと嫌かも……と思うくらいには旦那様にも愛着が湧いていたのだが、まさか私と本当の夫婦になるという発想の方に行き着くとは思わなかった。

いや、それが一番シンプルといえばシンプルだけど……。

いやでも、今さら旦那様と……とか。いやいやいやいや、えー？　でも、いやいや……。

——えぇーい！　とりあえず保留!!


魔道馬車での移動も二度目ということもあり、旅程自体はとても順調だった。

馬車を停《と》めての休憩では後続の馬車に乗っているマリーやダリアも一緒なので、お喋りしたり街を少し散策したりと楽しく過ごす。

「見ろ、アナ！　城と街が見えてきたぞ」

旦那様の指差す方向を見てみれば、確かに遠くに王都の城や建物が見えてきた。

……が、ビックリするほど何の感慨も湧かない。

そのままガラガラと馬車は進んでいくが、やっぱり王都の空気は私には合わないようだった。

「お帰りなさいませ、坊ちゃま、奥様」

邸の前ではセバスチャンがにこにこと出迎えてくれていた。

あぁ、セバスチャンの顔を見ると王都に帰ってきたーって感じがするなぁ。

邸に入ると、ミシェルをはじめデズリーにアイリスも玄関ホールで並んで出迎えてくれて、私達が帰ってきたことを聞いたハンスやナバールも駆け付けてくれた。

王都の街や城には何にも感じなかったけど、この邸と使用人のみんなはちゃんと懐かしいと感じる。それが嬉しくて、思わず「みんな、ただいまー！」と駆け寄りたくなったけれど、ここではそうではないのよね。

私は背筋をスッと伸ばすと、優雅に微笑みこう言った。

「ええ、戻りましたわ」

◇

王都の伯爵邸の私室は、「懐かしい」という気持ちと「ああ、こんな感じだったな」

という他人事《ひとごと》のような気持ちが半々くらいだった。結構久しぶりに帰ってきたわけだが、そもそもここに馴染む前に領地へ行ってしまったのだから仕方ない。

本当は邸のみんなに領地で仕立てたドレスを披露して色々な話もしたかったけど、馬車が着いたのがもう夕方。今日はゆっくり休むのが最優先ということになった。

何せ夜会はもう三日後だから、疲れを顔に残すわけにはいかないのだ。

しかも、今日はどうしても寝る前にしておかねばならないことがある。

私が一冊の分厚い本を抱えていそいそと続きの間に入ると、既に旦那様はソファーに腰掛けていた。

「お早いですね、旦那様。すみません、お待たせしてしまいました」

「いや、私が早く来過ぎたのだ。一秒でも長くアナと一緒に過ごすためには、私が早く来ていた方がいいだろう？」

今宵《こよい》もニューボーンユージーンは絶好調だが、人間とは恐ろしいもので、私の方も段々とこの状況に慣れてきた。私、適応能力高いので！

「そうですね。では時間を無駄にしないためにも早速始めましょうか」

そう言って私がテーブルの上に持参した本を置くと、三人の精霊達がふよふよと寄ってきた。

〝へえ！　宝石ってこんなに種類があるんだね！〟

〝ここからなら、いいお名前が見つかりそう！〟

〝僕、いちばんキラキラなの探すー〟

そう、私が持ってきたのは宝石事典。これから精霊達の名前を決めるのだ。

なぜ精霊の名前を決めるのに宝石事典なのかというと、結局あの後も私のあまりのセンスのなさに精霊達の名前は中々決まらず、このままでは埒《らち》があかないので何か名前の元になるモチーフを決めようということになった。

そして、みんなで相談してようやく決めたモチーフが宝石というわけだ。

〝僕この、《フォスフォフィライト》がいいな！　うすーい色でキラキラしてるの〟

フォス……何て!?　いきなりめっちゃ呼びにくそうなの選んだな！

選んだのは、この前の仮契約の話をした時に飛ぶのが早くなったかも？　と言っていた子だ。

〝ねぇアナ、試しに呼んでみて！〟

「ふぉ、ふぉすふぉふぉ……フォ？」

ブフッと旦那様が噴き出す。

クッ、初見では難しいですよ？　この名前。

〝宝石の正式名称じゃなくてさ、それにちなんだ名前にするなら、呼びやすいように縮めたりすればいいんじゃないかな？〟

私が旦那様をジトッとした目で軽く睨んでいると、三人の中の少し青っぽい子にそう諭された。

この前、仮契約の状態になってから伝えるのが上手くなった気がすると言っていた子だ。多分だけど、この子契約したら凄い賢くなると思う。うん。

「なるほど、じゃあ、《フォス》……とか？」

〝いいね。僕、それにする！〟

〝わぁ、かっこいいね！　じゃあ、ぼくはね、これにする！〟

三人の中だと、少しのんびりした喋り方をする暖色系の子が選んだ宝石は《クンツァイト》だった。

「クンツァイト……じゃあ、《クンツ》？」

〝うん！〟

〝最後は僕だね、アナ、僕はこれにするよ〟

最後の青い子が選んだのは《カイヤナイト》という、深い青色が美しい宝石だ。

凄いな、偶然なのかちゃんと分かるものなのか、私が何となく感じていた色と、みんなが選んだ宝石の色が一緒だ……！

「カイヤナイト。《カイヤ》だね？」

カイヤナイトを選んだ子がにっこりと頷く。

やっと……、やっと三人の名前が決まったよおぉぉーー！

今までの辛く険しい道のりを思い出し、感動に打ち震える。ついに契約の時だ。

「普通に名前を呼べばいいの？」

〝うん、そうだよ！〟

私はゆっくりと深呼吸をすると、三人の精霊の名前を呼んだ。

「フォス！　クンツ！　カイヤ！」

〝我、その名を受け入れる。我が名はフォス！〟

〝我、その名を受け入れる。我が名はクンツ！〟

〝我、その名を受け入れる。我が名はカイヤ！〟

三人の精霊がそう応えると、部屋の中が眩《まばゆ》い光に満たされる。

光が収まると、その中心にいた三人の精霊は今までより姿形がしっかりとしていた。

色も今まではっきりしている。

三人はゆっくり目を開くと、私を見てにっこりと微笑んだ。


〝これからもよろしくね！　アナ！〟

◇

翌日。朝食の後にようやく邸のみんなにドレスをお披露目することができた。

その素晴らしい出来栄えにサロンは感嘆の声で溢れている。

アイリスやデズリーは目を輝かせてウットリしているし、ダリアは誇らしげに凛と立ち、マリーは手が心配になるほど拍手をしている。私はミシェルが小さく拳を握り締めたのも見逃さなかった。

みんながこんなに喜んでくれると何だかこちらまで嬉しくなってくる。

私は、喜ぶみんなを見ながら嬉しく感じる反面「ああ、いよいよ明後日《あさって》は夜会なのだな」と少しドキドキした気持ちにもなっていたのだが、旦那様は昼食を終えると学生時代の仲間が集まるというサロンへとさっさと出掛けてしまった。

ここ最近はあれだけずっと私の周りにチョロチョロとくっついていたのに、何だか拍子抜けというか、何かモヤッと不満が残る。

ちなみに、私にはこの後《美容三昧フルコースin王都》が待ち受けているそうだ。

……貴族女性って、想像していたより努力家だよね。

夕食時。モヤッとしたまま放置するのは私の性に合わないので、帰ってきた旦那様にいつもサロンで何をしているのかを聞いてみることにした。

「旦那様は王都にいる間いつもサロンに行かれていますが、あれは一体どんな活動をしているのですか？」

昔の旦那様は詮索される類いの質問は嫌そうにしていたが、今はむしろ嬉しそうに答えてくれる。

「ああ、アナには話したことがなかったな。学生時代の仲間と、それぞれの研究について発表をしたり、考察をしあっているのだ。仲間の中には民族の歴史や精霊についての研究をしている者もいてな。今日はその資料を貸してほしいと頼んできた」

想像していたのと違う返事に少し驚く。それはきっと、私のためですよね？

さっさとサロンに行っちゃったと思っていたけど、そんなことのために行ってくれていたとは。ちょっと不満を感じていた自分が申し訳ない。

「それに、サロンのメンバーはそれぞれのパートナーを伴って明後日の夜会にも来るからな。アナのことをよろしくと伝えておきたかったのだ」

旦那様が……そんな気遣いができるようになっていただなんて！

重ね重ね不満を感じた自分が申し訳ない。旦那様、成長したなぁ。

ふと見ると、セバスチャンとミシェルが感動のあまり口を押さえ、目には涙さえ浮かべてプルプルしている。ニューボーンユージーンの誕生を知らない二人は領地から戻ってきた旦那様の変化に多少の戸惑いを感じていたようなのだが、ここにきてその成長振りに感極まったらしい。

いや、感動のし過ぎで逆に失礼！

心の中でそう突っ込むものの、嬉しそうな二人を見ていると私も何だか嬉しくて、思わずクスッと笑ってしまった。

その日の夜も、昨日と同じように続きの間で旦那様とお茶を飲みながら話をしていた。領地で生まれたこの習慣は、何となくそのまま続いている。

「旦那様、実はご相談……というか、お願いがあるのです」

「何だ？　アナの願いなら全力で叶《かな》えるぞ！」

「夜会の時に、もしチャンスがあれば……アレクサンダーお義兄様と話をする時間を作っていただきたいのです」

ずっと迷っていたことだが、この機会に私は旦那様に話しておくことにした。誰を信用して良いのか分からず、誰にも話せなかったこの話を。

旦那様なら……少なくとも、私を裏切ることはしないと思えるようになったから。

「理由を聞いてもいいか？」

私の張り詰めた空気を感じたのだろう。旦那様も真剣な目をして聞いてくれた。

「以前、ペンダントの魔石の話をした時に、私が『両親は行方知れずになっている』という言い方をしたのを覚えていますか？」

「ああ、もちろん覚えている。周りからは死んだと言われている、とも言っていた」

ちゃんと覚えてくれていたのだな、と思うと少し嬉しい。

「はい。両親は死んでいないと私が考えているのには、きちんとした訳があるのです。……少し長くなると思いますが、聞いていただけますか？」

私がそう尋ねると、旦那様は黙って、でもしっかりと頷いてくれた。

フォスとクンツとカイヤもいつの間にか旦那様の隣にちょこんと座っている。

ありがとう、みんなも聞いてくれるのね。

私は、大きく深呼吸すると話し始めた。

両親が突然いなくなったあの日、一体何があったのかを――。


両親が消えたのは、私が高等学舎への進学を決心し、中等学舎を卒業した後のことだった。今思えば、前触れがなかったとは言えない気がする。

何故かその頃から精霊達の姿を見かけなくなったし、お母さんはぼんやり考え込むことが多くなった。お父さんもいつも何かを気にしてソワソワしていた。

でも、その頃は私自身まさに受験勉強の真っ只中。

平民にも学問の道が開けたとはいえ、その道はまだまだ細く険しくて、高等学舎の入学試験はかなりの難関だ。

精霊達は私の勉強の邪魔をしないように気を使ってくれているのかな？　と思っていたし、二人の様子が多少おかしくても気にかけている余裕もなかった。

……このことを、私は今でも後悔している。

奇《く》しくもその日は、高等学舎の入学試験の日だった。

高等学舎の入学試験は、遠方から来る受験生に配慮して、合格発表も即日行われる。無事合格を勝ち取った私が、入学許可証を手に喜びいさんで家へと帰ると、そこは既に無人だったのだ。

待っても待っても、お父さんもお母さんも帰ってこない。

初めのうちは『もう、こんな時に留守にするなんて、うちの両親は本当にズレてるなぁ』と、少し腹を立てていた私も、時間が過ぎるに連れて段々不安になっていった。

だって、やっぱりおかしい。私が家を出る時には、二人とも緊張した様子で、

『アナなら大丈夫よ！』

『良い知らせを待っているからね。今夜はご馳走にしよう！』

なんて言っていたのだ、それなのに。

夜になって、町長さんが蒼い顔をして家に飛び込んできた。

今日のお昼過ぎに崖から落ちた乗り合い馬車が一台あり、それに私の両親が乗っていたというのだ。

乗り場で私の両親を見た人がいるとか、馬車自体は木に引っかかって無事だったけれど、乗客は全員海に投げ出されたようだとか、矢継ぎ早に伝えられる情報に頭がつ

いていかない。

色々と気遣ってくれる町長さんに一人にしてほしいと頼んだ後、私は一人、灯《あか》りも点《つ》けずに床にペタリと座り込んでいた。

頭の中を色々な情報と感情が駆け巡る。

おかしいでしょう？　だって、こんな日に乗り合い馬車に乗ってどこかに行こうなんて、するはずがない。

『乗客の生存は絶望的だ』

町長さんが言っていた言葉が頭の中でこだまする。

そんなわけない、そう簡単に死ぬような人達ではない。そう思う気持ちとは裏腹に、目からどんどん涙が溢れていった、そんな時。

〝アナ、なかないで。なかないで〟

私の耳に、町長さんの声とは違う微《かす》かな声が届いた。その声に縋るようにゆるゆると顔をあげた私が見たのは、ふわふわと浮かぶ小さな光。

精霊、ではないようにも感じたけれど、じゃあ何かと問われれば、やはり精霊としか思えない。今思えば何だか不思議な精霊だったけれど、あの時は状況も状況だったので、深く考える余裕なんてとてもなかった。

〝ターニャ、だいじょうぶ。アナ、危ない〟

『……あなた、なにか知っているの？』

〝アナ、逃げて〟

『逃げてって……』

焦ったようにそう告げる精霊に事情を聞こうとしたその瞬間、玄関の扉が突然乱暴にガチャガチャと揺らされた。知らない男達の声も聞こえてくる。

『何故開かない!?　鍵は開けたのに！』

『これは結界だ！』

『素晴らしい……今度こそ当たりだ！　早く娘を！』

……危ないのは……私？

ガッと手近にあった自分の鞄《かばん》を掴むと、裏口から転がるように飛び出して走った。

……考えろ、考えろ、考えろ！

どこに逃げるべき？　人が多い所？　でも、人を巻き添えにするような危険な奴らだったら!?　友達の家は？　それとも町長さんの所に……。

——そもそも町長さんは、信用できるの？

自分の中に突然湧いたその考えに愕然とする。いつも親切にしてくれた町長さんを疑う必要なんてないはずなのに、でも信じられる根拠もない。

自分の信じていた世界が、ガラガラと音を立てて崩れていく。

〝アナ、こっち〟

さっきの精霊がふわりと私の前に現れた。その光に縋るように、私は夢中で走って、走って、走った。

流石にこれ以上は限界かと思ったその時、前方から凄い勢いで一台の馬車が駆けてきた。扉が開き、聴き覚えのある声がする。

『アナ！』

『おじ様！』

サムおじ様だ！　と気が付いた私が手を伸ばした瞬間、サムおじ様は馬車から身を乗り出すと片腕で私を抱え込み、そのままの勢いでグッと中に引き入れる。

倒れ込むように馬車の中に入れられた私は、ようやく後ろを見て追っ手が付いてきていないことを確認することができた。

『おじ様！　お父さんとお母さんが事故にあったって！　調べてください、きっと生きているはずなの！』

だって、さっきあの精霊が、ターニャは大丈夫だって言っていた。

ハッと気が付き辺りを見回すが、あの精霊の姿はもう見えない。

サムおじ様は私を落ち着かせるように肩に手を乗せ、ゆっくりと頷いた。

『私も、事故の連絡を受けて駆け付けたところだ。きちんと調べるから安心していい。それより、アナの方こそ何があった？』

『私は――』

それから私は自分の身に起きたことを説明した。流石に精霊のことは話せなかったけれど、それ以外は全て。サムおじ様は、何日もかけて事故のことを調べてくれた。

しかし結論から言うと、両親の死は覆らなかった。

二人が馬車に乗るのを見たと言う人間が複数いたことと、荷物が残っていたことが決め手となり、遺体も見つかっていないのに両親は公的に死んだことにされたのだ。

……悔しかった。

その後、サムおじ様は正式に私の後見人になり、私を高等学舎に進学させてくれた。しかも身寄りを亡くした私が通いやすいようにと、寮のある学舎を選んでくれたのだ。恐らく安全面も考慮してのことだろう。

本当にサムおじ様には足を向けて寝られないほどの恩を受けているのだが、公爵家のせいで現在は音信不通だ。

「そんなことがあったのか……」

最後まで黙って話を聞いてくれていた旦那様が口を開く。

「よく、頑張ったな」

そう言うと、旦那様は私の頭をそっと撫《な》でてくれた。恋人同士がするような甘い撫で方ではなく、明らかに子どもを撫でるような手つきなのが旦那様らしい。

「勝手に触ってはいけません」と言って止めても良かったけど、意外と嫌じゃないからそのままにしておいた。

……少し、お父さんに撫でられているみたいで、懐かしかったから。

「それからは大丈夫なのか？　誰かに狙われたり、危ない目にあってはいないか？」

「あれから、それらしい目にはあっていません。危ない目といえば、公爵家の人間に危害を加えられたくらいですね」

私がそう答えれば、旦那様は露骨に顔を歪めた。

「そいつらが公爵家の関係者の可能性は？」

「最初はそれを疑っていました。この事件があった一年後、実際に公爵家は私を探し出して引き取ったわけですし……ただ、結局余りにも分からないことが多くて」

「……なるほど。もしかして、それでアレクサンダー殿と話を？」

私は少し考えてから答える。

「そうですね。とにかく、私は知らないことが多過ぎるのです。以前クリスティーナが、母のことを辺境伯の遠縁とか、一代男爵の娘とか言っていました。少なくとも、私より公爵家の人間が情報を持っていることは確かなのです」

「辺境伯の遠縁……」

「私は、両親は生きていると今でも信じています。だからとにかく情報が欲しいのです。公爵やクリスティーナが私のために何かを教えてくれることはないでしょう。希望があるとすれば、アレクサンダーお義兄様なのです」

旦那様は黙って頷いてくれる。

「そしてできることなら、領地にいるという先代の公爵。私の伯父に会いたいのです」

◇

夜会の前日は、コンディションを保つために最低限の手入れをして、後はゆったり過ごすものらしい。

明日《決戦》に向けて英気を養うわけですね、分かります！

……というわけで、私は自由時間にまたクッキーを焼かせてもらった。

クッキーを焼くのはゆったり過ごすうちに入るのかしら？　とミシェルが首を捻っていたけど、私はその方が落ち着くのだとゴリ押しした。

明日の夜会に向けて、精霊達にもたっぷり力を蓄えておいてほしかったのだ。

精霊達の力が必要になるような事態が起こらないのが一番なのだが、何事も備えあれば憂いなし！　私は事前の準備は怠らない派だ。


今日も色とりどりの綺麗な花が咲き誇る伯爵邸自慢の中庭で、私の見目麗しい旦那様と可愛い精霊達が仲良くお茶を楽しんでいる。

ここのシーンだけ切り取ると私の勝ち組感が凄いのだが、

〝やっぱりさ、ここは先手必勝で公爵とクリスティーナは吹き飛ばしちゃった方がいいんじゃない？〟

〝先手必勝はダメだよ！　なにか仕掛けてきてから、言い逃れができないように現場をおさえた方がいいと思う！〟

「とりあえず、アナに指一本でも触れようとする不届き者がいれば遠慮なく吹き飛ばしてくれ」

〝……ユージーン、それじゃアナが誰ともダンスも踊れないよー〟

「私以外の人間とダンスなんて、踊らせるわけがなかろう！」

聞こえてくる会話の内容が絵面と合ってなさ過ぎて辛い。

とはいえ、私のために顔を寄せ合って一生懸命に作戦会議を開いている四人の姿を見ていると、自然と胸の辺りが温かくなってくる。

両親の行方の手がかりが欲しくて、たった一人戦い抜く覚悟で貴族社会に飛び込んできた私。

でも今はもう、私は一人じゃない。

「アナ！」

真っ先に私を見つけて嬉しそうに手を振る旦那様と、それを見て〝ヒューヒュー〟とはしゃぐ精霊トリオに、私もとびきりの笑顔を返す。

「みんな、クッキー沢山焼いてきたよー！」

さあ、夜会《決戦》は、――いよいよ明日。

あとがき

はじめまして、時枝小鳩《ときえだこばと》と申します。この度は本書をお手に取っていただき、誠にありがとうございます！

はじめましてではない方は、もしかしてWebサイトなどで既に作者を知っていただいていた方でしょうか？　その場合の読者様は、「腹ペコ鳩時計《はとどけい》」という名前の方に馴染みがあるかもしれませんね。ネットを飛び出して紙の書籍まで追いかけてくださったなんて、鳩はもう、なんとお礼を申し上げて良いか分かりません。

……え？　電子書籍だから、ネットを飛び出してはいない？　た、確かにそのパターンもありえますね……。えー、とにかく。どんな形であれ今この作品を読んでくださっている皆様に、作者は心の底から感謝をしているのです。圧倒的感謝!!

この感謝を全て表現しきる言葉が見つからないのが残念ですが（作家なのに……）、その気持ちは全て作品に込めました。きっとアナスタシアやユージーンが、何か別の形を通して作者のこの熱い想いを皆様に届けてくれることでしょう！

こちらの作品は、『旦那様、ビジネスライクに行きましょう！〜下町育ちの伯爵夫人アナスタシアは自分の道を譲らない～』というタイトルで、「第9回カクヨムWeb小説コンテスト」恋愛（ラブロマンス）部門にて、《大賞》《特別審査員賞》《ComicWalker漫画賞》を受賞したものに加筆改稿を加え、書籍化していただいたものです。そう、なんとコミカライズも進行中なのです。

身に余る光栄というのは、まさにこういう時に使うのだと、齢《よわい》〇十〇歳にして知りました。いまだに信じられない思いで、素晴らしい幸運に恵まれたと思っています。

この場をお借りして、選考に携わってくださった方々や編集部の皆様、担当編集者様、拝みたくなるほど素敵な表紙を描いてくださった月戸《つきと》様、本書の出版・流通に関わってくださった全ての方に心よりお礼を申し上げます。

そして、さらにありがたいことに本作、既に二巻の発売も決定しております！

いよいよ夜会に乗り込んだアナスタシアが、旦那様と精霊トリオを引き連れてどんな活躍（騒動？）を見せてくれるのか⁉

ますます盛り上がる物語を一緒に追いかけていただけたなら、無上の喜びです。

皆様とまた二巻でお会いできますことを、心より願っております！

あ、感想のお手紙なども大歓迎です！　ぜひ編集部までお送りください。やる気満々の作者が、既にレターセットを用意してお待ちしております（気が早いっ）。

<初出>
本書は、2023年から2024年にカクヨムで実施された「第9回カクヨムWeb小説コンテスト」恋愛（ラブロマンス）部門で《大賞》《ComicWalker漫画賞》《特別審査員賞》を受賞した『旦那様、ビジネスライクに行きましょう！～下町育ちの伯爵夫人アナスタシアは自分の道を譲らない～』を加筆・修正したものです。

この物語はフィクションです。実在の人物・団体等とは一切関係ありません。

【読者アンケート実施中】
アンケートプレゼント対象商品をご購入いただきご応募いただいた方から抽選で毎月3名様に「図書カードネットギフト1,000円分」をプレゼント!!
https://kdq.jp/mwb
パスワード
7jzu6
■二次元コードまたはURLよりアクセスし、本書専用のパスワードを入力してご回答ください。
※当選者の発表は賞品の発送をもって代えさせていただきます。　※アンケートプレゼントにご応募いただける期間は、対象商品の初版(第1刷)発行日より1年間です。　※アンケートプレゼントは、都合により予告なく中止または内容が変更されることがあります。　※一部対応していない機種があります。

◇◇メディアワークス文庫

旦《だん》那《な》様《さま》、ビジネスライクに行《い》きましょう！1
～下町令嬢《したまちれいじょう》の華麗《かれい》なる身代《みが》わりウェディング～

時《とき》枝《えだ》小《こ》鳩《ばと》

2024年12月25日　初版発行

発行者　山下直久
発行　株式会社KADOKAWA
〒102－8177　東京都千代田区富士見2－13－3
0570-002-301（ナビダイヤル）
装丁者　渡辺宏一（有限会社ニイナナニイゴオ）
印刷　株式会社暁印刷
製本　株式会社暁印刷

※本書の無断複製（コピー、スキャン、デジタル化等）並びに無断複製物の譲渡および配信は、
著作権法上での例外を除き禁じられています。また、本書を代行業者等の第三者に依頼して複製する行為は、
たとえ個人や家庭内での利用であっても一切認められておりません。

●お問い合わせ
https://www.kadokawa.co.jp/（「お問い合わせ」へお進みください）
※内容によっては、お答えできない場合があります。
※サポートは日本国内のみとさせていただきます。
※Japanese text only

※定価はカバーに表示してあります。

© Kobato Tokieda 2024
Printed in Japan
ISBN978-4-04-916000-0 C0193

メディアワークス文庫　https://mwbunko.com/

本書に対するご意見、ご感想をお寄せください。

あて先
〒102-8177　東京都千代田区富士見2-13-3
メディアワークス文庫編集部
「時枝小鳩先生」係

◇◇◇

おもしろいこと、あなたから。

電撃大賞

自由奔放で刺激的。そんな作品を募集しています。受賞作品は
「電撃文庫」「メディアワークス文庫」「電撃の新文芸」などからデビュー!

上遠野浩平(ブギーポップは笑わない)、
成田良悟(デュラララ!!)、支倉凍砂(狼と香辛料)、
有川 浩(図書館戦争)、川原 礫(ソードアート・オンライン)、
和ヶ原聡司(はたらく魔王さま!)、安里アサト(86－エイティシックス－)、
瘤久保慎司(錆喰いビスコ)、
佐野徹夜(君は月夜に光り輝く)、一条 岬(今夜、世界からこの恋が消えても)など、
常に時代の一線を疾るクリエイターを生み出してきた「電撃大賞」。
新時代を切り開く才能を毎年募集中!!!

おもしろければなんでもありの小説賞です。

- **大賞**……………………………………正賞＋副賞300万円
- **金賞**……………………………………正賞＋副賞100万円
- **銀賞**……………………………………正賞＋副賞50万円
- **メディアワークス文庫賞**…………正賞＋副賞100万円
- **電撃の新文芸賞**………………………正賞＋副賞100万円

応募作はWEBで受付中!　カクヨムでも応募受付中!

編集部から選評をお送りします!
1次選考以上を通過した人全員に選評をお送りします!

最新情報や詳細は電撃大賞公式ホームページをご覧ください。

https://dengekitaisho.jp/

主催:株式会社KADOKAWA

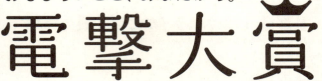